¡UBRE!

DU MÊME AUTEUR

Extraits du carnet d'observation de la femme, Leméac, 2008.

RODOLPHE LASNES

¡UBRE!

roman

LEMÉAC

Ouvrage édité sous la direction
de Jean Barbe

L'auteur tient à remercier le Conseil des arts et des lettres du Québec et le Conseil
des arts du Canada pour leur soutien financier.

*Leméac Éditeur reconnaît l'aide financière du gouvernement du Canada par l'entremise
du Fonds du livre du Canada pour ses activités d'édition et remercie le Conseil des arts
du Canada, la Société de développement des entreprises culturelles du Québec (SODEC)
et le Programme de crédit d'impôt pour l'édition de livres du Québec (Gestion SODEC) du
soutien accordé à son programme de publication.*

ISBN 978-2-7609-3332-3

Imprimé au Canada

À Léo, *compañero.*

Yo he preferido hablar de cosas imposibles, porque de lo posible se sabe demasiado.

(Silvio Rodríguez)

Ubre : *(f.) mamelle, tétine, pis de vache, de chèvre.*

(Larousse Espagnol/Français)

¡UBRE! : *ça doit être un cri de ralliement entre quelques êtres disséminés sur la planète.*

(Léonard Vasco)

– 1 –

Une ville. Une ville immense. À l'ouest, la lune planait encore au-dessus du paysage de béton. À l'est, les coqs sur les toits avaient déjà célébré la renaissance du soleil. Dans la rue, le camion de la fanfare claironnant l'Hymne national était déjà passé, avec ses musiciens aux uniformes rouge et vert entassés sur la plateforme arrière, leurs cuivres, trompettes, tambours et grosse caisse branchés à des enceintes surdimensionnées. Dans l'immeuble, les cris de menace de mort à l'intention des coqs s'étaient tus quand le concert des réveils et radios était entré en scène. Les ondes avaient été noyées par les torrents des chasses d'eau. Les vibrations des tuyaux s'accordaient avec les batteries de casseroles se mettant en branle pour redonner de la force à ces habitants qui devraient toute la journée emplir l'espace de leurs sons. Les mères avaient réveillé leurs enfants sourds. Dans les couloirs, les portes avaient claqué. Les voisins s'étaient salués aussi chaleureusement que s'ils avaient survécu à une nouvelle nuit. À chacune de ses descentes, l'ascenseur avait fait trembler murs et cloisons. En montant, il s'était attaqué aux parquets et plafonds et, par extension, aux lustres et à toute la verroterie des appartements localisés dans l'onde de choc du va-et-vient de cette machine infernale. Et pourtant, au septième étage, dans un logement pas plus grand qu'un studio, pourvu de fenêtres guère plus épaisses que du papier et d'un mur adjacent au tunnel

11

du monstre d'acier, confortablement installé dans un hamac le berçant au rythme de la vie qui reprenait ses droits, Alek Salazar dormait encore.

Au fil des passions de son locataire, cet espace vital avait pris différentes formes. Pendant longtemps, Alek fut persuadé que les nuages transportaient les morts de la journée. Il prenait le ciel en photo et comparait ses clichés aux portraits de la rubrique nécrologique du lendemain. Murs et plafonds étaient alors peints en noir, tout un réseau de cordes à linge supportait des centaines de nuages en négatif. L'arête d'un nez, le creux d'une joue, la forme d'un menton, une mèche de cheveux et d'autres signatures aussi anodines qu'une lettre du nom lui permettaient d'y associer le bout de journal correspondant. Il inventait des histoires de meurtres parfaits pour les nuages sans nom ; quand son objectif fixait des masses cotonneuses identiques à plusieurs jours d'intervalle, il pensait aux âmes errantes. Ses tirages qui flottaient au rythme des ventilateurs étaient des drapeaux de prières leur souhaitant bon vent.

Il vendit un jour tout son attirail photographique et se lança dans la composition d'œuvres qu'il qualifiait d'art éphémère.

Sur le toit de l'immeuble, il dessinait des portraits imaginaires à l'aide de centaines de feuilles d'érables qui s'envolaient au premier coup de vent. La nuit, il utilisait des bâtons embrasés et des torches électriques pour tracer des figures géométriques. Sur des toiles blanches, il inventait des paysages fantastiques avec des pinceaux trempés dans l'eau. Des sacs de feuilles mortes, des branches, plusieurs sortes de balais et bien d'autres objets provenant d'arbres décédés encombraient alors la pièce principale. De grands encadrements de tableaux immaculés étaient cloués aux murs blancs, une panoplie complète de pinceaux pendaient à des cordes qui descendaient du plafond; le plancher était recouvert d'une bâche blanche et plastifiée. Il eut aussi pour projet de reconstituer un arbre entier à l'aide de dizaines de bûches qu'il avait ramassées près d'une toute nouvelle souche. C'est en remarquant un beau jour qu'une vieille branche donnait miraculeusement naissance à des bourgeons puis à de belles feuilles bien vertes qu'il fut soudainement pris d'une grande lassitude pour ce décor de nature morte. Depuis bientôt un an, Alek s'intéressait particulièrement aux plantes. Il avait récupéré des pousses de palmiers et de ficus chez des connaissances, volé des géraniums et des plantes grasses dans les platebandes et jardins de son quartier, acheté quelques cactus et caoutchoucs, rendu la vie à des dizaines de yuccas et fougères abandonnés dans des poubelles. Il pouvait suivre l'éclosion d'une fleur ou l'ouverture d'une feuille pendant une journée entière en utilisant un ingénieux système de feuilles quadrillées qui lui permettait d'en déceler le moindre mouvement. Il disait qu'il pouvait presque mesurer leur aura. Il s'en occupait bien et son succès fut tel que son intérieur ressembla bientôt à une jungle, en miniature, à peine moins humide, avec une table pour colline, des falaises en forme d'étagères, un volcan enneigé ronronnant comme un vieux frigo, des feuilles de bananier en guise de baldaquin au-dessus du hamac et un jaguar à la dimension de cette nature exubérante : il avait la taille d'un chat.

«Le chat», c'était ainsi qu'il l'appelait. Le chat lui évitait d'avoir à se réveiller au son désagréable et agaçant de la sonnerie de son réveil ou, pire encore, de la radio officielle qui égrenait, en même temps que les nouvelles, les heures, les minutes et les secondes à coups de *bips* grinçants. Le chat venait se frotter à sa barbe naissante à huit heures précises (heure de l'Est) tous les matins suivant une nuit de sommeil, à midi pile les lendemains de boulot. Pourquoi ? Alek n'en savait rien, mais c'était ce genre de comportement et de mystère qui avait entretenu son intérêt pour l'animal trouvé moribond au fond d'une poubelle. Assez longtemps pour ne plus se poser de questions quant à sa place dans cet appartement, assez longtemps pour s'y attacher.

Mais ce jour-là, c'est une envie pressante qui fit ouvrir un œil à Alek. Les rideaux étaient tirés et il ne sut dire ce qui, du soleil, de la lune ou des relents d'alcool, engendrait cette lueur jaune qui emplissait la pièce. Il éternua trois fois. Il s'étira paresseusement en sifflant le nom du chat sous différentes intonations. Sans succès. Ayant abusé de la patience de sa vessie, il finit par s'extirper du hamac et se dirigea, plié en deux et éternuant, vers la salle de bains. Au troisième pas, il marcha sur quelque chose de mou et froid qui éclata en laissant échapper un petit bruit écœurant. Il ne put consacrer à cet événement que quelques jurons, il y avait plus urgent.

Assis sur le bol des toilettes, Alek retira le coton qui lui bouchait les oreilles puis inspecta le dessous de son pied gauche. Une légère traînée d'un liquide jaune et épais fut absorbée par du papier hygiénique. Il en profita pour se moucher. La porte était restée ouverte et le chat n'était toujours pas venu lui souhaiter le bonjour et lui réclamer à manger. C'était assez inhabituel pour qu'Alek soit saisi d'un mauvais pressentiment.

Il n'alluma pas la lumière et se dirigea sur la pointe des pieds jusqu'aux fenêtres, ouvrit les rideaux et se retourna. Il ne put contenir un éternuement en même temps qu'un cri d'étonnement : *¡UBRE!* Des centaines et des centaines de champignons jaune fluo recouvraient chaque centimètre carré de la terre de toutes les plantes qu'il avait sous les yeux. Il tomba à genoux devant la plus proche, un ficus, et observa le phénomène de près : ils ressemblaient à de petits phallus en érection, leur couleur n'avait rien de naturel, ils laissaient une fine poudre jaune sur le bout des doigts. Pas un pot n'était épargné. Dans sa course lente mais folle entre chaque plante, Alek se retrouva, entre un cactus et un citronnier, nez à nez avec le chat. Il était figé dans une position figurant la souffrance. Il était froid. Alek fit quelques pas en étouffant un nouveau cri, son pied droit glissa sur une flaque visqueuse, il tomba à la renverse contre le mur. Le cadavre d'une souris lui collait au talon. La flaque sur le sol était jaune.

D'autres que lui auraient paniqué. Alek avait appris à se maîtriser. Contemplant la scène, adossé à l'évier de la cuisine, sans se retourner, il tendit un bras en arrière et ses doigts s'enroulèrent précisément autour du goulot d'une bouteille de rhum. D'un coup de pouce, il envoya balader le bouchon et but une rasade. Puis une deuxième. Il ouvrit la fenêtre en grand. Les cris des enfants sortant de l'école avaient envahi la rue. Il respira de grandes bouffées d'air tiède et humide tout en se massant les tempes. Il réfléchissait. Il concentrait tous ses souvenirs, tout son savoir pour trouver une cause, une raison, de quelconques indices pouvant expliquer l'éclosion de ces champignons fluorescents. La mort de son chat. De cette souris. Les efforts qu'il fit pour passer en revue chaque instant des derniers jours lui donnèrent mal à la tête. Il se demanda si ces saloperies pouvaient l'intoxiquer lui aussi, le tuer. Il calcula qu'une journée entière serait à peine suffisante pour nettoyer chaque pot de sa peste jaune. Des images du chat, mort ou vif, s'intercalaient souvent dans ses réflexions. Celles-ci

15

furent aussi perturbées par la découverte, sur un mur, d'un calendrier obsolète couvert des mêmes champignons jaunes. Il pensa à la meilleure façon de se débarrasser de toute cette pourriture sans que le concierge en apprenne l'existence. Il l'entendait déjà l'accuser d'avoir contaminé son logement, ceux d'à côté, l'immeuble au complet, et il se l'imaginait profitant de l'occasion pour l'expulser. Puis le dénoncer aux autorités, évidemment. Et comment ferait-il pour trouver un autre appartement ? Il se voyait déjà campant sous un lampadaire en panne quand la pleine lune montant dans le ciel lui rappela qu'il devait aller travailler cette nuit-là.

Il alluma le poste de radio – (voix de femme) : « … *bip* *en prévision de la* *bip* *Fête nationale* *BIP* *Vingt heures* *bip* *douze minutes* *bip* *trente secondes* *bip* *heure de l'Est* » – et l'éteignit aussitôt. Il avala une autre gorgée de rhum, regarda longuement le chat. De loin. Puis il se résolut à agir. La lumière tamisée rendait la scène moins dramatique. Le cadavre de la souris et ses viscères rejoignirent la poubelle. Une infime flaque de sang avait séché sous la gueule du chat. Le sang de sa langue, toute jaune, transpercée par ses propres canines. Deux beaux trous bien nets par lesquels on aurait pu passer une allumette. Une boîte à chaussures fit office de cercueil. Son corps était raide comme de l'acier, Alek dut se résoudre à briser sa queue en deux. Il recouvrit le chat de plusieurs branches de cataire qu'il appréciait tant de son vivant, d'une poignée de croquettes au bœuf, scotcha hermétiquement la boîte, l'enveloppa d'un sac plastique et la mit au congélateur. Puis il prit le chemin de l'église.

Le couloir était vide et noir. Alek se glissa discrètement hors de chez lui et referma vite sa porte à double tour. Il baignait dans une odeur d'oignons et de bouillon. À travers les murs, il entendait les assiettes se faire racler par les couverts, les mères promettre monts, merveilles ou gifles pour une bouchée de plus, et même mâcher les moins discrets. Il marcha sans lumière jusqu'à l'escalier. Jamais il ne prenait l'ascenseur. Il dissimulait cette phobie en clamant que c'était par respect pour les voisins qu'il s'abstenait de mettre en branle cette mécanique infernale, mais à vrai dire, on ne pénètre pas de bon cœur dans une cage d'acier qui broie des gens par dizaines dans ses mauvais rêves. Il alluma sa torche électrique avant de s'engager dans les marches. Au palier du cinquième, dans un coin, le faisceau de sa lampe surprit le visage d'un gamin en larmes. C'était Waldo, le fils de madame Delgado, une voisine de son étage, assis par terre, une boule de poils entre les bras.

— Ça va pas, Waldo?

— Non (il renifla). Mon chat est mort, et mon nom, c'est Léolo.

Le cœur d'Alek s'immobilisa.

— Mort de quoi?

— Il respire plus.

Alek lui prit le chat des bras et lui ouvrit la gueule. Sa langue n'était pas jaune, mais bleue et gonflée. Il soupira, soulagé, et rendit le cadavre au gamin.

— C'est mon frère qui l'a étranglé, mais lui il dit que c'est moi.

Alek ne lui connaissait pas de frère.

— Tu devrais aller l'enterrer. Tiens (il lui donna une pièce), tu t'achèteras de quoi te consoler.

Léolo bondit sur ses jambes.

— D'accord, m'sieur Salazar, j'y fonce.

Et il disparut, cavalant dans les escaliers.

Ce n'est pas la pleine lune mais l'habitude qui fit éviter à Alek tous les pièges de la rue la nuit : les trottoirs en travaux depuis toujours, les plaques d'égouts manquantes, les abris de fortune sous les lampadaires défectueux, les nids-de-poule de la chaussée, les amoncellements de poubelles… Seule une vague odeur de tabac le détourna quelques instants de ses pensées.

Alek travaillait depuis près de deux ans dans une église. Une église sans clocher. Il s'occupait de l'entretien. En fait, la majeure partie de ses tâches consistait à restaurer, réparer, recycler ou remplacer les objets dont les fidèles essayaient de s'emparer pendant les messes. Ils venaient en famille, agglutinés sur les bancs, et attendaient les chants pour arracher un dossier, un bout de bois, une dalle, un souvenir, une croix, n'importe quoi. Des objets sacrés qu'ils s'appropriaient pour apporter un peu de bonheur dans leur foyer et qui finissaient bien souvent dans la cheminée. Le prêtre avait beau sermonner, son vocabulaire désuet écorché par son mauvais accent rendait incompréhensibles ses emportements. Les bibles et missels avaient disparu depuis longtemps; les cantiques, les prières et le nom des saints étaient récités de mémoire. Trois nuits par semaine, Alek faisait le tour de l'église et revissait au sol ou au mur des meubles prêts à être embarqués lors des prochaines vêpres. Il retrouvait des chaises sans dossier ou assise, il en récupérait les pieds pour les transformer en croix de pacotille auxquelles il crucifiait une poupée ou un bout de tissu maquillé. Il remplissait de béton les trous laissés béants par les carrelages arrachés. Il se disait souvent que les enfants devaient croire à un miracle quand ils retrouvaient intactes des choses que leurs parents avaient subtilisées la semaine précédente et qui trônaient encore quelques minutes auparavant dans leur propre salon. Ça faisait partie des attraits qu'il trouvait à cet emploi. Il avait conscience de l'absurdité de son travail. Malgré ses efforts, il savait qu'il finirait un jour par se retrouver au milieu d'une ruine où il ne resterait que les plus grosses pierres des murs de soutien, le squelette de la charpente ouverte au vent, le prêtre peut-être, mais alors avec un sac de jute en guise de soutane, et lui en serait réduit à dessiner perpétuellement des croix dans les airs à l'aide de grands pinceaux mouillés d'eau bénite. Cette lente et inexorable déchéance lui convenait : son action tendait vers la neutralité, il la voyait comme une continuité de ses créations d'art éphémère, et il avait coutume de dire : « Rien n'est plus apaisant que de faire une chose inutile. » Mais il ne pouvait nier que depuis quelques semaines la qualité de son travail laissait à désirer. Le dimanche précédent, une rangée de bancs s'était effondrée : deux blessés légers, une heure à supporter les remontrances du père Vlad. Mis à part ces légers désagréments, Alek ne se plaignait pas. Il ne travaillait que trois nuits par semaine, le salaire suffisait à ses maigres besoins. Et il y avait les soirs de pleine lune : il n'allumait pas les lampes, il travaillait à la clarté des pâles rayons traversant les derniers vitraux, il se déplaçait en suivant la trace laissée par le passage de la lumière. Ce soir-là, ses oreilles étaient rouges, son visage vert, ses épaules bleues, il rafistolait un prie-Dieu. Le calme de l'église, les couleurs de la pleine lune, son travail, rien n'arrivait à lui enlever les champignons de la tête. Et son chat. Le chat. Le pauvre chat. Alek avait mal au crâne. Il chercha un banc qui ne grinçait pas et s'allongea. À cinq heures (heure de l'Est), il ramassa ses affaires. Après chaque nuit de labeur, il allait prendre un café dans le seul établissement du quartier ouvert dès l'aube : le Café Central.

– 2 –

Attablés, avachis, à moitié endormis, accotés au comptoir, les habitués du petit matin se saluaient sans se parler. Le serveur derrière son bar se nommait Silvio. Il remplaçait Alessandro, emporté par une cirrhose foudroyante trois mois auparavant. Il accueillit Alek d'un éclatant « Salut à toi, Vampirito » qui fit sursauter plusieurs rêveurs. Alek prit place au bar en silence. Silvio lui servit un café et un verre de rhum, puis les deux bras croisés sur sa bedaine, un sourire à moitié effacé par sa moustache, il lança :

— T'as l'air bien contrarié, Vampirito.

Vampirito. La première fois qu'ils s'étaient rencontrés, dans ce bar, un lundi matin, Alek s'était senti agressé par les regards scrutateurs du nouveau serveur qui prenait tous les prétextes imaginables pour s'approcher de lui, le dévisageant sous divers angles, sans un mot. Énervant. Si bien qu'Alek avait fini par lui faire une grimace. Le visage du serveur s'était éclairé d'un sourire magistral et il avait crié : « ¡EL VAMPIRO! » en massacrant les épaules d'Alek d'une accolade virile.

— ¿El Vampiro?

À cette époque, Alek n'avait jamais entendu parler du Vampiro. Il s'était libéré des bras qui l'enlaçaient et avait décliné son identité. Le sourire n'avait pas quitté les lèvres du serveur qui lui avait présenté sa main tendue : « Silvio. » Trois cafés et deux rhums plus tard, Alek savait tout de la vie du Vampiro del Norte.

À cette époque, seuls les purs aficionados de Lucha Real se souvenaient du Vampiro del Norte. Sa carrière avait été courte et fulgurante : 42 combats, 41 victoires. C'était au temps du dernier hiver. Les règles et les prises de ces combats tiraient leurs origines de la Lucha Libre, mais ici chacun des participants montait sur le ring pour gagner. Au summum de la gloire du Vampiro, les organisateurs lui réservaient toujours le dernier combat, celui que tout le monde attendait avec impatience. Il arrivait après que son nom eut été scandé pendant plus de dix minutes par des centaines de supporters. Caisse claire, guitare, la sono crachait à fond « YOUR OWN PERSONAL JESUS », et on le voyait apparaître en haut des escaliers, dans les vapeurs d'un nuage de fumée noire que de gros ventilateurs s'employaient à disperser. Il portait un masque couleur d'acier huilé dans lequel ses adversaires avaient tout le loisir d'admirer leur faciès apeuré ; un masque qui lui faisait des canines de douze centimètres de long et une moustache ensanglantée ; un masque transpercé de deux yeux noirs menaçants. Sa crinière blonde dansait derrière lui, balayant une cape ornée d'une énorme feuille d'érable blafarde baignant dans une mare de sang. Sur ses bras courait un inextricable enchevêtrement de branches et de racines d'arbres tatouées. De sa main gauche, il empoignait une hache (en bois mais parfaitement imitée), sa droite battait l'air au rythme de la musique. « REACH OUT AND TOUCH FAITH. » Il dévalait les escaliers puis s'attardait longuement auprès des *ring girls*, toutes plus belles les unes que les autres, portant très bien le string et le tee-shirt court, qui assuraient le spectacle entre deux combats. Il fallait que son adversaire vienne le chercher, l'arracher aux ongles de ces demoiselles.

Et le combat commençait dans les escaliers, au milieu de la foule, avec les *girls* en furie qui s'en prenaient à tous ceux qui osaient défier leur idole, leur messie. Il avait le beau rôle, il soignait son image, personne n'avait jamais vu son visage. Il combattait comme un dieu. Sa spécialité, c'étaient les sauts périlleux : un salto magnifique qui le faisait atterrir sur les épaules de son adversaire, les deux cuisses formant un étau autour de son cou. Certains disaient que ça tenait de la magie. Il avait nommé cette prise *El Vampirazo*. Les paris clandestins le donnaient gagnant à plus de vingt contre un. Le soir de son quarante-deuxième et ultime combat, personne n'avait su ce qui s'était passé, mais El Vampiro n'était pas dans son état normal. Il devait être fatigué. Tracassé. Son entrée avait été catastrophique : il avait fallu passer deux fois son hymne avant qu'il n'arrive en haut des escaliers, les bonbonnes de fumigènes avaient eu le temps de se vider. Il s'était pris les pieds dans les câbles des ventilateurs, avait dégringolé une dizaine de marches jusqu'à la hauteur des *girls*. Elles avaient volé à son secours, mais il les avait repoussées sèchement et il avait couru jusqu'au ring. D'un bond fantastique, il s'était retrouvé à la verticale, les jambes en l'air, les deux bras tendus sur la plus haute corde du ring pour redonner de l'élan à son saut périlleux. Il avait loupé sa réception et, visiblement, il s'était fait mal au dos. Très mal. Le combat avait été court : son adversaire du jour, Satanico Junior XIII, s'était jeté sur lui et il ne lui avait pas été difficile de l'entraîner dans une clef mortelle. Dix secondes plus tard, El Vampiro avait abdiqué. Il souffrait, il ne s'était même pas débattu quand Satanico Junior lui avait arraché son masque. L'action avait été tellement rapide, si inattendue, que la foule n'avait pas encore réagi. Silence de mort pendant quelques secondes. Une image arrêtée, celle de centaines de personnes qui avaient enfin découvert le visage du Vampiro. Tout le monde avait été étonné par sa jeunesse. Silence jusqu'à ce que Satanico éclate de son rire de hyène malsaine alors que l'arbitre lui remettait solennellement une tondeuse mécanique. Il n'était bientôt resté que quelques touffes éparses de la fameuse crinière blonde du Vampiro. Ses yeux étaient plissés par la douleur, ses joues gonflées par ses mâchoires en rage, il ressemblait à un gros bambin qui venait de naître. Le lendemain, la photo de sa défaite avait été reprise dans plusieurs journaux spécialisés, avec une autre juste à côté représentant le même Vampiro quelques combats auparavant, en pleine mise en scène théâtrale, tondeuse au poignet, en train de raser un adversaire qui avait osé arborer des cheveux plus longs que les siens. Les journalistes avaient parlé de suicide sportif et comparé sa cuisante débâcle au décès d'un prématuré. Plus personne n'avait entendu parler de lui. Eh bien, Alek ressemblait au Vampiro del Norte déchu. En plus vieux, la carrure et la célébrité en moins, mais la tête plus proprement rasée.

Au cours de la matinée de cette première rencontre, Alek avait eu le temps de rétorquer à maintes reprises, de moins en moins calmement, au serveur surexcité qu'il n'était qu'Alek Salazar, qu'il n'avait aucun rapport, ni passé ni lointain, avec le dénommé Vampiro del Norte, qu'il n'avait guère le physique d'un lutteur, qu'il travaillait dans une église, de nuit, qu'il n'avait même jamais assisté à un combat de Lucha Real. Mais Silvio avait insisté. Lourdement. Allant même jusqu'à lui demander si ce n'était pas une grave maladie qui avait fait fondre ses muscles, s'il n'était pas le frère jumeau du Vampiro, ou un fils illégitime issu du même père.

— Et moi qui te croyais mort et enterré.

Sans le sourire du serveur et les généreux verres de rhum offerts gracieusement par la maison, Alek serait certainement parti en claquant la porte.

Deux jours plus tard, Alek avait eu à peine le temps de s'asseoir sur un tabouret face au bar que Silvio lui avait mis sous le nez un journal jauni. Sur la une, en pleine page, on voyait la fameuse photo du dernier combat du Vampiro. Alek avait dû admettre que la ressemblance était sinon frappante, à tout le moins troublante, puis il avait commandé un café. Silvio lui avait offert un rhum. Pour enlever toute trace de doute, il lui avait demandé, poliment, s'il pouvait mimer la grimace du Vampiro. C'était, il est vrai, la seule photo existante de son visage démasqué. Alek avait soupiré, avalé le rhum, et face au miroir, s'aidant de ses mains pour tirer sur son front et le bas de sa mâchoire, il avait transformé sa bouche en une gueule béante. Les yeux de l'assistance avaient rebondi entre la photo, Alek et le miroir pendant tout le temps de la grimace. Deux des clients avaient quelques doutes, le troisième avait trouvé que l'image dans le miroir était celle qui ressemblait le plus à la photo. Une seconde de silence avait fait suite à ces paroles. Silvio avait sorti de son sac un calendrier d'une année oubliée depuis longtemps. À chaque mois son lutteur. El Vampiro del Norte était figé au mois de décembre. Pour se prêter à un examen rapproché de ses yeux, Alek avait réclamé un autre verre de rhum. Les avis différaient, mais tous avaient reconnu que leurs yeux étaient noirs. Les tatouages sur les bras avaient été vite balayés, qu'Alek n'en ait pas ne prouvait rien et Silvio avait certifié :

— Les tatouages s'effacent comme de la craie de nos jours !

En regardant bien sur le torse luisant du lutteur, avec une loupe, on pouvait distinguer plusieurs grains de beauté.

— À moins que ce soit des taches sur la photo, on dirait de la moisissure, avait suggéré un des clients.

Alek avait juré qu'il n'avait aucun grain de beauté sur le torse et avait refusé catégoriquement d'enlever sa chemise. Pas même contre un verre de rhum. Pas même pour deux verres de rhum. Trois?

— D'accord. Poussez-vous de là.

Il avait jeté un coup d'œil vers la porte d'entrée, il allait bientôt faire jour. Il avait bu le premier verre puis retiré sa chemise le plus virilement possible. Puis le tee-shirt qu'il avait en dessous. Seul Silvio avait eu le droit de s'approcher. D'abord à l'œil nu. Puis avec sa loupe. Effectivement, aucun grain de beauté ne constellait son torse, mais plusieurs petites cicatrices dont la couleur fade se fondait dans sa peau blanche.

— Mes souvenirs ne remontent pas jusqu'à ces points de suture, mais ma grand-mère m'a toujours dit que c'était à cause de la petite vérole que j'ai eu, tout bébé.

— Humm… (Silvio continuait son inspection minutieuse.) Ou des grains de beauté incisés. Regardez! La photo est inversée.

Effectivement, plusieurs petites cicatrices se trouvaient exactement à l'opposé des taches sur le papier. Silvio avait le sourire triomphant. Alek s'était rhabillé en silence. Il avait bu un deuxième verre. Demandé un café. Admit qu'il était tout à fait possible, techniquement parlant, que la photo soit inversée. Mais son explication avait vite été interrompue par une voix fatiguée :

— Mais t'as quel âge au fait, Alek?

Tout le monde avait trouvé la question du vieux pertinente. Ils avaient paru même étonnés de ne pas y avoir pensé plus tôt.

— Trente et un ans.

— Ah! Tu es né juste au début du printemps, ainsi tu n'as pas connu l'hiver, le froid glaçant…

Silvio avait coupé court au radotage du vieux :

— À l'époque de la photo, le Vampiro devait avoir vingt ans tout au plus. Il aurait donc environ quarante-cinq ans aujourd'hui… Désolé de te le dire, mon vieux, mais tu parais plus âgé que tu le prétends.

D'un geste sec, Alek avait exhibé son permis de conduire. Silvio l'avait observé un instant puis avait lâché, désinvolte :

— Il a été délivré dans les quartiers ouest. On y trouve les meilleurs faussaires au monde…

S'en suivit un brouhaha d'avis, d'opinions, de remarques et d'histoires totalement invérifiables sur l'ouest de la ville, ses différences avec l'est, l'un des clients s'était vanté de ne jamais avoir passé la ligne de partage du temps, un autre que l'hiver là-bas n'avait été qu'une rigolade… Alek avait profité de ce répit pour faire un pas en dehors de ce cercle assourdissant. Les yeux fermés, il avait les mains posées sur son front, ses pouces massant énergiquement ses tempes, puis d'un coup il s'était précipité jusqu'au bar, avait avalé le dernier rhum, éclaté le verre à terre en hurlant :

— OUI, J'AVOUE, je suis bel et bien El Vampiro. Je me suis fait vieillir prématurément, j'ai cultivé ma calvitie précoce, perdu cinquante kilos de muscles, effacé mes tatouages, incisé mes grains de beauté, j'ai même pensé à me faire changer les yeux, et depuis tout ce temps, après avoir claqué tout mon pognon en un an de folie sur des îles dérivantes, je vivote dans le quartier, l'air de rien, avec des faux papiers, et par conséquent j'apprécierais qu'on me FOUTE LA PAIX AVEC MON PASSÉ !

Silvio le premier, suivi des autres clients, avait éclaté de rire à la fin de cette tirade. Alek était rouge, de colère et de honte. Silvio, une main sur son épaule, lui avait dit :

— Calme-toi, Alek. Le passé, c'est le passé, d'accord, n'en parlons plus. Mais faut pas s'énerver comme ça, mon ami, ici on discute, on plaisante, et quand on casse un verre, on paie une tournée générale.

Alek s'en voulait de s'être emporté ainsi et devant le sourire jovial de Silvio, il avait payé de bon cœur un rhum à chacun. Le malaise fut dissipé dans l'alcool. Quand les clients empreints de fraîcheur avaient fait fuir les habitués des petits matins, Alek et Silvio s'étaient donné une accolade et les deux nouveaux compères avaient pris rendez-vous le samedi soir suivant pour assister ensemble à un combat de Lucha Real. Alek était rentré chez lui en titubant, le calendrier d'une année datant de l'hiver précédent sous le bras, se rappelant avec précision le jour de sa jeunesse où son oncle Octavio lui avait retiré tous ses grains de beauté. Au scalpel. Proprement. Presque sans douleur, la peau insensibilisée au camphre. Il lui avait dit que c'était pour les vendre.

Effectivement, Vampirito paraissait contrarié. Il but son café sans un mot pour Silvio, toujours face à lui, un sourire à moitié mangé par sa moustache, les deux bras croisés sur sa bedaine. Puis il avala d'un trait son verre de rhum. Le bruit du verre claqué sur le comptoir résonna plus fort qu'Alek ne l'aurait voulu, les quelques clients présents se retournèrent vers lui comme un seul homme. Toujours sans parole, il sortit un sachet en plastique de sa besace et en retira du bout des doigts une liasse de papiers infectés de champignons jaunes.
— Qu'est-ce que c'est que cette cochonnerie? demanda Silvio d'un air écœuré.

Quatre clients se poussaient pour voir de quoi il s'agissait. Avec le manche de la cuillère de son café, Alek releva une couche de pages collées par la moisissure des champignons et dévoila une partie de l'anatomie d'un lutteur représentant le mois de février. Le groupe des curieux fut propulsé d'un pas en arrière, comme sous l'effet d'une déflagration invisible et silencieuse. Tout le monde écouta religieusement quand Alek leur raconta que toutes ses plantes étaient remplies de ces champignons jaunes. Que son chat était mort. Une souris aussi. Et qu'il ne savait pas quoi faire, ni d'où cela venait. Les avis fusèrent : il y avait celui qui donna sa langue au chat ; celui qui conseilla de désinfecter tout l'appartement, il connaissait quelqu'un (un voisin) qui pouvait s'en charger ; celui qui avoua que chez lui aussi c'était humide et qu'il avait déjà tout essayé, en vain ; un autre qui ne disait rien, il se contenta d'effleurer les champignons du gant qu'il portait à la main gauche et fixa ensuite à travers ses lunettes rondes Alek, qui croisa le regard de Silvio qui le tenait en joue :

— Qu'est-ce que tu insinues, mon ami ? Que c'est moi avec ce calendrier qui t'ai fourgué cette pourriture ?

— Absolument pas. Je veux juste savoir si tu as déjà vu quelque chose de semblable.

Mais Silvio n'avait jamais vu un tel phénomène meurtrier, et il avait l'air sincère en le jurant, franchement désolé pour Alek. Il lui offrit un verre de rhum. Alek débarrassa le comptoir de ses reliques et il but, à la mémoire du chat, à la santé des plantes, aux secrets de la nature qu'il comptait bien découvrir, à la vérité qui finirait bien par éclater, à l'amitié…

— Oui, à l'amitié et à la Lucha Real. *¡UBRE!* relança Silvio.

— *¡UBRE!* répondit Alek ragaillardi.

Vers neuf heures, il se résolut à rentrer chez lui pour s'attaquer aux champignons.

– 3 –

En sortant du café, à peine un pied dans la rue, Alek reconnut la musique de la fanfare qui rebondissait de murs en façades jusqu'à lui. Le camion bariolé apparut au coin de la rue. Il était décoré de longues guirlandes de papier toilette rose et blanc. C'était le jour des éboueurs. Leur camion-poubelle suivait celui des musiciens en uniforme. Ils bougeaient au rythme de la musique, ils dansaient avec les ordures. Ils se lançaient les sacs comme si c'étaient des pucelles habillées d'un tutu en forme de sac-poubelle. Ils s'appelaient «La compagnie des éboueurs enchantés», mais dans le quartier ils étaient plutôt connus comme les sales petits rats, les ballerines des ordures, les *détritus girls*. Certains les traitaient tout simplement de pédés. C'était un véritable spectacle de les voir s'appliquer à suivre tant bien que mal leur choré-graphie, au milieu de la fumée des gaz d'échappement, enrobés des sons palpables de la musique tonitruante de l'hymne national. Ils avaient l'air de s'amuser, de prendre plaisir à danser, d'apprécier leur boulot et ses obligations, les perles de sueur qui traçaient des rivières de cristal sur leurs visages noircis res-semblaient à des larmes de bonheur. Quelques passants applaudissaient, les autres préféraient utiliser leurs mains pour se couvrir les oreilles. Alek attendit qu'ils disparaissent au coin de la rue pour continuer son chemin.

Le matin, il fallait se faufiler entre les commerçants ambulants qui encombraient l'entrée de l'immeuble. À chaque palier, dans les couloirs, c'étaient les locataires qui faisaient leurs petites affaires. Au premier : quelques fruits et légumes dans un panier, des spécialités des quartiers ouest en boîte de conserve sans étiquette. Au second : un cordonnier, un aiguiseur de couteaux et Petra, une veuve en devenir qui vendait des billets de loterie peints à la main faisant miroiter aux chanceux quelques poulets et une mule en gros lot. Au troisième, Alek s'acheta un sandwich de tortilla et un café. La bouche pleine, il ne put répondre au salut de l'écrivain public du cinquième, qui refusait d'écrire des lettres d'amour mais qui excellait dans les lettres de délation. Il avala la dernière bouchée en ouvrant sa porte et se mit tout de suite au travail.

Consciencieusement, avec une truelle, il gratta les couches de champignons. Depuis leurs pieds, de longs filaments s'enfonçaient dans la terre. Une bonne partie de celle-ci rejoignit ainsi les déchets. Il remplit dix-huit sacs. Cinq plantes furent désignées comme cobayes et gardèrent leurs champignons. Dans un bocal en verre, il entreposa une cinquantaine d'échantillons. Puis il nettoya à grande eau la terre qui devint boue. Il découvrit de grandes auréoles dorées qui ornaient le papier peint, les affiches, les journaux et même les coussins… Alek avalait une rasade de rhum pour combattre le découragement quand, « toc toc toc », trois coups à la porte. Il se figea, oublia même de respirer, faillit s'étouffer. Il pensa immédiatement au concierge. Il avait pourtant payé le loyer. En un éclair, il réalisa qu'il était impossible de dissimuler ces vestiges sans faire de bruits suspects. Mais ce n'était peut-être qu'un voisin qui venait prendre de ses nouvelles ? Un voisin qui s'empresserait certainement d'informer le concierge. Il n'avait toujours pas bougé. Il perçut quelques mouvements dans le couloir. Puis des pas s'éloignèrent. Un bout de papier avait pris forme sur le plancher, glissé sous la porte. C'était une carte de visite au nom d'Absalon Mendoza, avec son numéro de téléphone et, inscrit à la main au verso : *Je peux vous aider.* Alek entrouvrit la porte. Le couloir était vide, l'immeuble mangeait. Il observa de nouveau les deux faces de la carte de visite en marmonnant :

— Mêle-toi de tes affaires, conard.

Puis la glissa dans sa poche arrière.

Alek attendit l'heure de la sieste pour se rendre à la bibliothèque de son quartier. Des sacs-poubelles plein les mains, il dévala les escaliers sans rencontrer âme qui vive et les balança au sommet de la benne à ordures qui débordait déjà. Dans sa besace reposaient le cercueil du chat congelé et le bocal de champignons. Il marcha à l'ombre des murs décrépits, choisissant plutôt les ruelles que les avenues.

Le préposé aux Lettres, endormi, aurait pu ressembler au fils du curé si celui-ci avait eu le courage un jour de défroquer. Beaucoup moins une fois réveillé. Alek remplit le formulaire de requête de document. Il cherchait une encyclopédie consacrée aux champignons, avec photos à l'appui. Le préposé, prenant des airs d'explorateur en gants blancs, partit à l'aventure au long des interminables allées de livres qui s'étalaient derrière lui. Sa quête fut rapide et victorieuse. Il remit le *Dictionnaire de la Société mycologique nationale* à Alek, en ajoutant :

— Un ouvrage qui a du succès ces jours-ci !

Alek ne sut que répondre. Il s'installa à une table. Il parcourut l'index, mais ne connaissant rien aux champignons, il se résolut à feuilleter le dictionnaire page après page, photo après photo. Vers la moitié, il tomba sur une carte de visite au nom d'Absalon Mendoza. Il se redressa à moitié sur sa chaise, embrassa la salle de lecture d'un regard, il était seul. Elle marquait la page du *Leucocoprinus birnbaumii*. La photo était très ressemblante, mais Alek trouvait les champignons dans son bocal bien plus fluorescents et vénéneux que la pâle et inoffensive image qu'il avait sous les yeux. Il apprit que ce spécimen avait été baptisé successivement *Agaricus birnbaumii, Agaricus aureus, Bolbitius birnbaumii, Leucocoprinus aureus, Lepiota aurea, Lepiota lutea,* ou tout simplement *Lépiote jaune,* entre autres. C'était une espèce tropicale des forêts vierges poussant parfois dans les plantes d'appartement, dans des conditions particulières de température et d'humidité. Mais d'une telle prolifération, il n'était pas question, pas plus que d'empoisonnement mortel ou de l'exploitation de simples feuilles de papier comme terreau. Alek tripotait la carte de visite nerveusement. Au dos, un mot à la main : *Ce ne sont pas des* Leucocoprinus birnbaumii. Il referma le dictionnaire d'un coup sec qui résonna dans toute la bibliothèque et se précipita vers le préposé pour lui demander s'il pouvait lui décrire la dernière personne l'ayant emprunté. Il s'était rendormi. Il ouvrit un œil, arracha le livre des mains d'Alek, referma sa paupière et répondit d'un ton moqueur :

— Pas de cheveux, l'air ahuri, bruyant, il m'empêchait de dormir, mais heureusement il n'est pas resté longtemps, il est parti juste avant que je le foute dehors.

Alek l'ignora superbement et d'un pas décidé prit la direction de l'échoppe du docteur, trois rues plus loin. Celui-ci n'en avait pas le titre, il n'était même pas pharmacien, mais il vendait, entre autres, des médicaments, ce qui suffisait dans le quartier à l'élever au rang d'autorité médicale. Alek expliqua son cas à la caissière, à un laborantin débutant, puis au « Docteur » en personne, qui avoua que ses connaissances en mycologie se limitaient aux mycoses. Mais bien que la médecine vétérinaire ne fasse pas non plus partie de

32

ses spécialités, il parut intéressé par le décès du chat. Il examina le cadavre avec des gants en latex, puis déclara d'un ton professoral :

— Impossible de me prononcer sans effectuer une analyse des organes de l'animal... Clara, scalpel !

Un filet de bave reliait ses lèvres entrouvertes. Alek lui arracha son chat des mains et l'enferma dans sa boîte. Visiblement vexé de n'avoir pu démontrer sa dextérité chirurgicale devant ses employés, le vendeur de médicaments déclara :

— Les chats, ça me connaît. S'il est mort empoisonné par ces champignons, il ne les a certainement pas ingurgités de son plein gré.

Tous les regards se tournèrent vers Alek. Une marée de sang envahit son visage, il sentit qu'il allait s'énerver, il préféra tourner les talons vers la sortie. Il claqua la porte derrière lui et deux pas plus tard s'arrêta net sur le trottoir. Il revint jusqu'à l'entrée du magasin, poussa brusquement la porte et gueula :

— CHARLATAN !

Sur un banc, au milieu d'un parc public baptisé Jardin de l'Éclipse, Alek était assis, le cercueil sur les genoux, la tête penchée en arrière, les yeux dans les nuages. Il cherchait celui qui ressemblait à son chat et n'avait pas remarqué le promeneur qui venait de prendre place à son côté. Sa voix résonna comme venue de nulle part : « Ne cherchez plus, moi seul peux vous aider. » Alek sursauta puis dévisagea l'apparition. Il avait des yeux vairons, vert à droite, bleu à gauche, des lunettes rondes, l'air fatigué et la main gauche enfouie dans une légère moufle noire en soie. C'est à ce détail qu'Alek reconnut un des clients aperçu ce matin-là au café. L'homme poursuivit son monologue :

— Vous aider, entre autres, à comprendre pourquoi ces champignons ont poussé chez vous.

— Qui êtes-vous ?

— Absalon Mendoza, pour vous servir. Mais il est vrai que certains me connaissent sous le pseudonyme de Juan Pedro Gutierrez Felipe de la Mancha. Mais vous pouvez m'appeler Bob, tout simplement.

— Arrêtez vos conneries, qu'est-ce que vous me voulez ?

— Voyez-vous, comme pour vos champignons, peu importe le nom, c'est la combinaison des circonstances qui ont permis leur éclosion qui doit retenir notre attention…

— Vous m'avez suivi depuis le Café Central ?

— Oui. Et pour tout dire, cela fait des années que je vous cherche.

Alek fut traversé par un frisson. Il vit son passé défiler jusqu'à une maison en flammes. Ses mains écrasèrent les côtés de la boîte en carton. Il s'apprêtait à se lever et à prendre congé de cet importun quand celui-ci se redressa, lui cachant le soleil :

— Monsieur Salazar, si je puis me permettre, il serait temps que vous enterriez votre chat.

Puis il fit une courbette respectueuse. Le soleil en profita pour aveugler Alek et il ne le vit pas partir. Une fois les phosphènes éteints, il l'aperçut qui s'esquivait dans une allée du jardin. Il sentit une vague humidité sur ses cuisses. Le chat décongelait. Il se vidait. Il dégoulinait. Il empestait.

Alek déambula longtemps dans les rues, en effectuant un parcours complexe pour vérifier qu'il n'était pas suivi. Il cherchait le meilleur endroit pour enterrer le chat. Non pas pour suivre les conseils de cet étrange personnage, mais parce que tel était son objectif avant même qu'il n'intervienne dans son existence. Il avait d'abord pensé au cimetière, tout simplement, à côté de l'arbre qui avait poussé en englobant la barrière de fer forgé dans son tronc. Il marcha jusque-là, mais la terre était bien trop dure pour qu'il puisse creuser un trou satisfaisant. Entre pierre, béton et asphalte, les espaces verts se faisaient rares. Il se dirigea vers le stade. Des centaines d'écoliers en uniforme, vert pour les garçons et rouge pour les filles, répétaient une chorégraphie pour les festivités de la fête nationale. Le carton menaçait de se déchirer à tout instant, il finit par le balancer dans une benne à ordures à côté d'un chantier. Il aurait donné n'importe quoi pour un verre de rhum.

Le Café Central était rempli de petits vieux jouant aux cartes et aux dominos. L'ambiance était rythmée de coups de poings écrasés sur les tables et de jetons en plastique plaqués contre le formica. Les verres tremblaient, les tasses dansaient dans les soucoupes. Des notes de guitare accompagnaient une voix d'homme qui chantait *Yo he preferido hablar de cosas imposibles, porque de lo posible, se sabe demasiado...*, doublée par celle plus grave de Silvio derrière le comptoir. Alek pointa un doigt vers une bouteille de rhum. À la fin de la chanson, il tendit la carte de visite à Silvio.

— Absalon Mendoza? C'est qui?

Sans un mot, Alek lui fit signe de retourner la carte.

— Un bon Samaritain! cria Silvio en éclatant de rire.

— Il se fait aussi appeler Juan Pedro je sais plus quoi de la Mancha, ou plus simplement Bob, et il me suit. Il était ici ce matin. Un petit mec sans âge, avec des lunettes rondes et une moufle noire à la main gauche, tu le connais?

— Non, jamais vu avant ce matin.

— T'es sûr?

— *Oye,* mon ami! C'est la deuxième fois que tu m'accuses dans la même journée, faudrait pas que ça devienne une habitude. Si ton Bob, il te fait des ennuis, tu m'en parles, je m'en occuperai. Tu nous fais un coup de mou, Vampirito ? Quelques champignons, ton chat qui crève, un mec qui veut t'aider, et tu en fais toute une histoire ! T'as pas connu l'hiver, toi ! Tu manges, tu bois, tu dors et tu bandes, alors tu crois pas que tu pourrais relativiser tes petits malheurs et trinquer avec moi, Vampirito ?

Le rhum de l'amitié fut avalé. En pointant son verre vide vers une photo scotchée derrière lui sur le mur, Silvio reprit :

— Peut-être qu'il t'a vu dans le journal, n'oublie pas que tu es célèbre, mon ami !

La photo. La photo du courrier des lecteurs de la gazette sportive du mois précédent. Celle où l'on voyait Alek, Silvio et son fils en gros plan. Le gamin portait le masque de lutteur qu'Alek lui avait offert ce soir-là, Silvio était hilare et entourait de ses bras les épaules d'Alek, qui, la bouche grande ouverte, les doigts de la main droite en forme de V, semblait crier quelque chose. La légende disait : *Mon cousin Jesús et son fils El Dios Renegado célèbrent le retour du VAMPIRO DEL NORTE* ¡UBRE! La photo, bien sûr ! Cela ne fit aucun doute dans l'esprit d'Alek. C'était le cousin de Silvio qui l'avait prise lors de leur première soirée de Lucha Real. Puis il l'avait envoyée au journal. En agitant le périodique devant la figure incrédule d'Alek quelques jours plus tard, Silvio avait déclaré :

— Quelle soirée, mon ami ! Même les journaux en parlent.

C'était dans le quartier où vivait Silvio, le dernier endroit où l'on trouvait encore des combats de Lucha Real, au sud de la ville, sur les pentes de la montagne, qu'avait eu lieu cette fameuse soirée. Parce que pour s'y rendre depuis le café, il fallait perdre quelques heures et utiliser plusieurs trains et bus, Silvio restait dormir toute la semaine sur un matelas posé sur les caisses de bière de la remise. Il se nourrissait les premiers jours de plats cuisinés par sa femme, et ensuite de sandwichs, chips de plantain grillées, pistaches et cacahuètes.

Ce samedi-là, Alek avait pris la route en début d'après-midi au volant de sa vieille voiture. C'était un véhicule à quatre roues qui ne ressemblait à rien de connu et dont l'identité véritable était devenue un mystère au fil des années et des saisons qu'elle avait traversées. Elle était une survivante qui avait toujours su garder une valeur juste supérieure au prix de l'acier. La marque inscrite sur les papiers renvoyait au numéro gravé sur le châssis, mais celui-ci avait été changé au moins deux fois. Portières, carburateur, la plupart des huit cylindres, réservoir, toit ouvrant découpé puis comblé puis rouvert, suspensions, boîte de vitesses, sièges, direction, compteur, tout avait déjà été rapiécé, métamorphosé, comme autant de signatures des nombreux propriétaires qui étaient passés derrière son volant. Alek l'avait héritée de son oncle Octavio. La seule modification qu'il entreprit fut d'effacer la teinture pare-soleil qui encombrait le tiers supérieur du pare-brise. Sur un fond vert bouteille délavé, on devinait encore quelques-unes des lettres rouges – É, R, I et C – qui formaient à l'origine le mot HISTÉRICO. S'avouant vite vaincu, il s'était finalement habitué à voir l'horizon à travers ce spectre de couleur. Il profitait malheureusement le moins souvent possible de cette voiture : le carburant était rare et cher, sa mécanique vieille et imprévisible.

Il avait roulé le long des avenues peuplées de palmiers, traversé des kilomètres de barres d'immeubles de plus en plus petits, de plus en plus colorés, de plus en plus délabrés. Des autoroutes l'avaient fait passer devant des centaines d'usines en ruines colonisées par d'anciens ouvriers agricoles, puis à travers des secteurs résidentiels, au-dessus d'une mine à ciel ouvert, dans le ventre des tunnels au-dessous des quartiers chics, et encore des bâtiments, des manufactures et toujours la ville. Sur le pont enjambant le lac asséché, il avait aperçu enfin la montagne au loin. Son sommet enneigé caché dans les nuages, ses racines phosphorescentes qui de plus près se révélaient être de petites rues sinueuses qui dévalaient de ses hauteurs. Alek ne connaissait pas cette partie de la ville. Il s'était dirigé grâce à sa carte. Rares étaient les rues identifiées d'une plaque, et celles qu'il avait trouvées portaient d'anciens noms, sans aucun rapport avec les chiffres indiqués sur le plan. Il s'était perdu à plusieurs reprises et déboucha enfin, un peu par hasard, devant le bar El Incendio, où il avait rendez-vous avec Silvio.

Un panneau indiquait que les femmes n'étaient pas bienvenues, les murs étaient encrassés de suie, les seules toilettes de l'endroit consistaient en une pissotière à aire ouverte, juste à gauche du comptoir, dotée simplement d'un miroir pour garder un œil sur son verre, supposait Alek. Il avait eu le temps d'avaler trois bières tièdes quand Silvio débarqua, accompagné d'un enfant portant un masque de lutteur visiblement trop petit pour lui. Il avait du mal à articuler, Alek n'avait pas compris son nom. Son père avait traduit :

— El Dios Renegado.

Et il l'avait envoyé chercher deux bières et une limonade au comptoir. Se penchant vers Alek, il lui avait appris, avec un air de confidence, que son fils était dingue de Lucha, qu'il avait la graine d'un lutteur, que jamais il n'avait pénétré dans une arène sans être masqué et qu'il ne répondait alors qu'à son futur nom de scène : *El Dios Renegado*. Il y avait de la fierté dans ses yeux et de l'inquiétude dans sa voix. Le petit était revenu avec une bouteille de limonade dotée d'une paille et deux verres de jus de pomme. Silvio avait laissé échapper un léger soupir et, une main sur l'épaule de son fils, il lui avait promis qu'il aurait un nouveau masque pour son anniversaire. Ils avaient avalé leur verre d'un trait et s'étaient mis en route.

Jamais Alek ne s'était aventuré dans le labyrinthe des ruelles agrippées à la montagne. Silvio menait la marche, suivi du Dios Renegado qui respirait péniblement et d'Alek qui prenait son temps. Silvio avait raconté l'histoire de ces rues qui avaient disparu, encombrées par des habitations sommaires et sauvages qui abritaient des familles depuis des générations. Ici, les maisons n'avaient pas de numéro, elles étaient baptisées du patronyme de leur propriétaire, ou de l'ancien, pour certaines. Ils étaient passés dans des allées si étroites qu'un adulte pouvait toucher les deux côtés de ses bras tendus. Silvio disait que les fenêtres des étages supérieurs ne se faisaient jamais face, pour empêcher les jeunes amoureux de se bécoter d'un bord à l'autre de la rue. Trop d'adolescents s'étaient gravement blessés en tombant enlacés. Alek avait écouté d'une oreille les informations de son guide, tous ses autres sens en alerte. Le bruit, la musique, les paroles, les couleurs, les odeurs, il avait eu l'impression d'être en voyage. Passager d'un petit train de nuit se faufilant un soir sans lune dans de sombres artères éclairées par à-coups de fenêtres illuminant des histoires instantanées. Les rues montaient de plus en plus raide. Puis elles furent remplacées par des escaliers, avec des cordes pour s'aider. Ils avaient escaladé enfin un dernier muret et étaient arrivés sur une plateforme suspendue juste en dessous des nuages. Sous leurs yeux, les lumières de la ville scintillaient à l'infini.

Avant même d'entrer dans le gymnase désaffecté où se déroulait le spectacle, ils avaient été assaillis par les cris, la musique, les hurlements. Le premier combat avait déjà commencé. Il y avait plus de cinq cents personnes assises sur des gradins autour du ring.

Déchaînées. Masquées pour la plupart. Quatre lutteurs se jetaient les uns sur les autres, s'élançaient du haut de la dernière corde en vol plané sur leurs adversaires, roulaient, tombaient, se relevaient, prenaient des coups de poings, atterrissaient dans le public, retournaient dans l'arène, encouragés par des centaines de voix et deux fois plus de mains, se faisaient plaquer au sol, haranguaient les spectateurs, souffraient, suaient, s'encastraient les uns dans les autres jusqu'à ce que l'arbitre intervienne et proclame la victoire des rouges. À peine le temps pour une demoiselle voluptueuse en maillot de bain de se trémousser sur le ring, et tout de suite un nouveau combat avait été annoncé. El Gladiator était arrivé en haut d'une estrade en faisant claquer son fouet au son de violons mielleux, il s'était fait huer. El Inquisidor s'était présenté à son tour, entouré de quatre nonnes en combinaison moulante, une cloche digne d'une cathédrale sonna huit fois avant que ne prennent le relais une guitare électrique stridente, une batterie folle et une voix enragée : « HELL'S BELLS. » La foule en furie. Trois minutes plus tard, le gladiateur tenait l'inquisiteur dans les mailles de son filet, il lui avait arraché son masque barré d'une croix rouge sang. Des bières circulaient, de l'argent aussi. Silvio avait perdu cinq billets. Son fils sirotait ses limonades à la paille, suçotait des nachos émiettés, Alek imaginait qu'il devait crever de chaud, ce gamin, avoir mal à la tête et que ses cheveux devaient le démanger atrocement. Mais il ne bronchait pas. Il restait de marbre devant chaque combat. Il admirait, il retenait. Un jour il serait lutteur, et il bâtissait sa légende. Dernière rencontre, encore une bière, Alek en sueur avait voulu parier lui aussi. D'un côté Estrella Galactica : masque étoilé, anneaux de Saturne entourant sa cape, short argenté, donné perdant à sept contre un ; de l'autre Demon de Oro : masque rouge, combinaison en latex intégrale dorée, huit victoires consécutives. En utilisant le langage des signes (une croix faite de ses bras pour l'Étoile Galactique, des cornes avec ses doigts pour le Démon), il avait demandé conseil au Dios Renegado. Alek était saoul, transporté par la ferveur et l'ambiance électrique, il avait parié dix billets sur Estrella Galactica. Hypnotisé lui aussi par les deux hommes sur le ring, il en avait oublié d'encourager son préféré. Estrella Galactica bougeait à la vitesse de la lumière. Les deux premiers rounds ne furent pas à son avantage : il dansait sans taper, n'esquivait pas toujours bien les coups de Demon de Oro qui réussit même une fois à l'entraîner au sol, mais toujours il arrivait à lui échapper. Et il recommençait à s'agiter, à tourner comme un satellite autour de son adversaire. Le public huait, s'impatientait. Demon de Oro, pris d'un tournis, avait relâché un instant de trop son attention, et c'est à ce moment-là qu'Estrella Galactica s'était élancé vers l'une des extrémités du ring, les jambes en avant. Il avait rebondi sur la seconde corde et, tel un missile, atterri tête la première sur le thorax du démon qui fut propulsé deux mètres en arrière et tomba raide par terre, ses bras aussitôt bloqués par des genoux, la tête bombardée de coups de poings bien placés, inconscient. Des années plus tard, cette prise porterait encore la signature d'Estrella Galactica, qui l'avait baptisée *La cometa fatal*. Il fut déclaré vainqueur, le démon fut évacué sur une civière et sous les sifflements du public. Alek s'était retrouvé avec une petite liasse de billets à la main et une folle envie de boire.

Dans les couloirs menant au bar du gymnase, ils avaient rencontré le cousin de Silvio, Placide. Il était accompagné d'un ami, Marco, et il appelait Silvio « Jesús ».

— C'est mon deuxième prénom, celui de mon arrière-grand-père. Ils m'appellent comme ça dans la famille, pour me faire chier.

Il y avait foule au bar. Au bout de plusieurs minutes à jouer des coudes et à glisser entre plusieurs centaines d'assoiffés en sueur, Alek et Silvio atteignirent le comptoir. Il leur fallut autant de temps pour qu'un serveur masqué les remarque et il leur faudrait encore aussi longtemps pour se sortir de ce bourbier. Ils avaient donc décidé de commander tout de suite une caisse de vingt-quatre bouteilles de bière et quatre limonades. Alek avait payé fièrement le tout. Une fois dehors, assis sur le parapet surplombant les lumières de la ville, ils trinquèrent. La déjà fameuse prise victorieuse d'Estrella Galactica fut longuement commentée et disséquée. Pour arbitrer un contentieux technique qui s'envenimait entre Marco et Silvio, il fut décidé de reconstituer la scène. Alek et Silvio portèrent El Dios Renegado à l'horizontale, le propulsèrent tel un bélier contre le thorax du cousin qui tomba sous le choc. Le gamin se frottait le crâne mais ne semblait pas blessé, ils continuèrent la reconstitution. La question était de savoir comment l'Estrella s'était débrouillé pour atterrir ensuite aussi rapidement sur le démon. C'est le petit qui leur montra : en retombant à quatre pattes, il enchaîna avec une roulade avant couplée d'un salto pour atterrir lourdement sur le ventre du cousin. Tout le monde, excepté Placide qui reprenait difficilement son souffle accoudé au parapet, regardait ébahi le fils de Silvio. On n'aurait su dire s'il souriait, mais ses yeux brillaient. Ils l'applaudirent tous en chœur, lui tapèrent dans le dos, le portèrent à bout de bras au-dessus de la ville.

— Un futur lutteur, de la graine de prince des rings, je te l'avais dit, Alek !

Sur ces bonnes paroles, Placide, qui avait retrouvé l'usage de ses poumons, sortit une flasque et versa une rasade de vieux rhum agricole arrangé dans quatre canettes vides. Silvio remit solennellement une canette de bière entamée à son fils. Les hommes firent claquer leurs bouteilles contre celle du gamin et chacun renversa la potion dans sa gorge. Silence. Silvio, le premier, laissa échapper un *¡Fuerte Hombre!*, son fils toussait dans son masque, son cousin ne pouvait pas parler mais approuvait en balançant sa grosse tête rougeaude de bas en haut, Marco apaisait sa bouche en feu à l'aide de longues lampées de bière, Alek reprenait ses esprits, les yeux humides, la bouche et la langue ankylosées. Il leva sa bouteille et en tentant de répéter la phrase de Silvio, s'étouffant à moitié, il toussa un cri ressemblant à : *U...brE.* Après un silence infinitésimal, ils reprirent tous en chœur *¡UBRE! ¡UBRE! ¡ubre! ¿UBRE?* et l'on entendit résonner leurs rires gras très loin dans la ville.

Le cousin dévisageait Alek :

— T'as raison, Jesús, c'est vrai qu'il ressemble au Vampiro, ton ami.

Aidé par l'alcool, Alek avait pris la remarque pour un compliment. Il avait retroussé ses manches et fait jouer ses pauvres muscles. Deux rasades de rhum plus tard, il avait alpagué un des vendeurs ambulants qui zigzaguaient dans la foule des amateurs de Lucha et, sans même marchander le prix, avait acheté un masque noir, rouge et doré pour le gamin et un autre pour lui. El Dios Renegado n'en croyait pas ses yeux. Il s'était mis à l'écart pour changer de visage. Quand il se retourna, Alek eut la très nette impression de percevoir dans cet instant en apparence sans importance le passage d'un enfant à une précoce adolescence. Un appareil photo se matérialisa entre les mains du cousin et la dernière chose dont Alek eut conscience fut d'être aveuglé par un flash.

En se voyant sur la photo qui lui faisait face derrière le bar, quelques phosphènes réapparurent dans les yeux d'Alek et ses oreilles se remirent à bourdonner des cris de cette soirée. Il était fatigué. Fatigué.

— Je t'en sers un dernier pour la route et tu vas te coucher. T'as vraiment une sale gueule.

Avachi sur un tabouret, Alek soutenait sa tête de ses deux bras.

— C'est pour ça que je mets toujours un miroir en face du comptoir, pour ne pas être le seul à profiter du spectacle de vos tronches des mauvais jours !

Silvio avait toujours le sourire de circonstance et le verre qu'il fallait pour faire passer ses vérités. Et puis ceux qui n'appréciaient pas son humour étaient priés d'aller s'abreuver ailleurs. Lui non plus ne s'expliquait ni pourquoi ni comment, le lendemain de la soirée de Lucha, Alek s'était retrouvé au volant de sa voiture, mais pas du tout dans le même quartier où il s'était garé la veille. C'étaient des gamins qui l'avaient réveillé. Ils s'amusaient à l'aide d'un morceau de miroir à lui cramer le visage à travers le pare-brise. Ils avaient déguerpi en éclatant de rire quand il ouvrit les yeux. Il se trouva nez à nez avec une tête de mort dans son rétroviseur et l'impression que son crâne allait exploser. Pas encore certain d'être tout à fait éveillé, il avait porté les mains à son visage et, sentant une texture plastifiée à la place de sa peau, il avait retiré le masque avec précipitation. Il s'était senti revivre. Il avait trouvé une bouteille de limonade pleine sur le siège passager et une dizaine de cactus fraîchement déterrés entassés sur la banquette arrière. Ses oreilles avaient bourdonné durant toute la journée du trajet de retour.

À peine sorti du café, Alek ne se souvenait déjà plus s'il avait salué Silvio, ni même s'il avait payé ses consommations. La nuit tombait. Il pensait aux cactus, se demandant s'ils pouvaient être à l'origine de cette contamination. Il escalada péniblement les marches le

45

menant à son étage, suivit le sombre couloir, et alors qu'il glissait sa clef dans la serrure, un fantôme le fit sursauter.

— Alek, mon bel Alek, j'ai quelque chose pour toi.

C'était Vishwantee Who, une de ses voisines. Elle portait un déshabillé bleu rosé élimé rendu transparent par la lumière de sa chandelle. Un homme, assez jeune pensait-elle, avec une casquette bleue, ou noire, avait déposé un colis devant la porte d'Alek cet après-midi. Elle avait préféré le mettre en sécurité chez elle.

— À cause des voisins, tu comprends...

Son sourire ridé dévoila des dents isolées, jaunes et gâtées. Le carton était adressé à Monsieur Alek Salazar, il était consciencieusement scotché, assez léger.

— Au bruit, ça doit être un vêtement, en cuir peut-être. Tu ne l'ouvres pas ?

— Non, madame Who...

— Appelle-moi Vishwantee, veux-tu.

— Oui, Vishwantee... Je suis fatigué, j'allais me coucher, bonsoir, et merci.

Mais elle avait quelque chose d'important à lui dire. Quelque chose qui ne pouvait attendre. Elle le tira tout près d'elle et tendit les lèvres jusqu'à son oreille :

— J'ai des cigarettes, pas chères.

Un long souffle fétide ponctua sa phrase.

Par réflexe, Alek parcourut le couloir du regard avant de répondre :

— Je ne fume pas, Vishwantee.

Puis il rentra chez lui. Il posa le colis sur sa table et fit un tour d'inspection des plantes. Les champignons étaient revenus dans plus de la moitié d'entre elles. Celles qu'il avait sacrifiées à la science commençaient à dépérir : la première vague de champignons s'était fanée aussi rapidement qu'elle était venue, de nouveaux poussaient déjà sous leurs vestiges. Il ne décela aucun signe particulier indiquant que les cactus des quartiers sud étaient pour quelque chose dans cette histoire. Il remarqua aussi que les auréoles sur les murs prenaient de l'ampleur. Il soupira. Manger un morceau et aller se coucher étaient ses seules envies. Le pain et les fruits étaient moisis, la farine pourrie, seuls les aliments dans le réfrigérateur étaient épargnés. Désespéré, il ouvrit les fenêtres en grand. En bas, de l'autre côté de la rue, sur le trottoir, adossé à la cabine téléphonique, il reconnut sans effort le dénommé Bob qui fit une courbette respectueuse quand leurs regards se croisèrent. Alek, de nouveau parcouru d'un frisson, tira prestement un voile entre eux. Il se déshabilla dans le noir, s'allongea dans son hamac, plaça un torchon sur sa bouche et son nez, des bouchons dans ses oreilles et mit un temps fou à s'endormir.

– 5 –

Il dormit dix-huit heures d'affilée.

Bercé par les va-et-vient de l'ascenseur, Alek mit du temps à réaliser qu'il était réveillé. Il s'efforça de prolonger ce demi-sommeil pour se concentrer sur ses exercices de relaxation. Il imagina d'abord une image calme et reposante : une tasse de café au lait posée sur une table dont il ne voyait pas les contours. Une tasse blanche avec un liseré vert. Un filet de fumée dessinait dans l'air des arabesques tarabiscotées que l'éternité ne semblait pouvoir dissiper. Alek attendit que l'image soit parfaitement limpide dans son esprit, puis il s'employa à observer cette tasse sous toutes ses faces. Ensuite, il mit en place le décor autour de la table, le décor de son appartement ravagé. Calmement, sereinement, avec la froide précision d'un chirurgien, il fit le tour, méthodiquement, de ce qui l'attendait quand il ouvrirait les yeux. Sa respiration était longue et égale, ses pouces imprimaient de légères rotations sur ses tempes, le reste de son corps en état de relâchement total. C'était un des moyens qu'il avait de se calmer, afin d'appréhender sereinement une situation délicate. Les plantes étaient là, mal en point. Les champignons avaient attaqué les feuilles des plus faibles. Immobiles et désarmées, elles agonisaient comme si de rien n'était. Les murs semblaient mous derrière les vagues de tapisserie charriant une marée jaune et visqueuse qui inondait le parquet. Alek sentit les battements de son cœur accélérer. Les narines dilatées, il insuffla de grandes bouffées d'oxygène à travers le torchon recouvrant son visage. Il se concentra sur les champignons. Il les voyait grossir à vue d'œil, grandir puis exploser en un « pop » presque imperceptible, éjectant un nuage d'infimes particules jaunes qui se déposait ensuite mollement sur la terre. Il ne voulut pas voir la nouvelle génération pousser. Il comprenait maintenant, tardivement, que les plantes, et le chat, ces créatures vouées à un avenir, avaient été une mauvaise idée, un mauvais choix. Ne pas s'attacher aux choses, se laisser porter par la vie en intervenant le moins possible sur son cours, voilà ce qu'il était censé faire pour soigner sa nervosité. Il était maintenant résolu à se débarrasser de sa flore au complet. Il se mit à compter ses plantes. Pot à pot. Espèce après espèce. Pièce à pièce. La terre, toute cette terre infectée, il faudrait l'évacuer. Ainsi que tout le reste. Combien de sacs-poubelles et d'allers-retours dans les escaliers? Que répondre aux questions des voisins qu'il ne manquerait pas de croiser? Et l'autre, Absalon Mendoza, que lui voulait-il? Que savait-il? Devrait-il l'appeler? Non. Ou alors seulement en dernier recours. Il s'en méfiait, il avait peur que ce mystérieux Bob fasse ressurgir son passé. La respiration d'Alek s'accéléra. Il enfonça ses pouces plus profondément dans sa chair, jusqu'à ce que ça lui fasse mal. Il massait son front de ses autres doigts. Il repoussait le moment où il devrait se lever pour boire un coup de rhum, qui, lui aussi, avait un effet calmant. Mais pas tout le temps. Alek avait arrêté de fumer le jour où le tabac et tous ses dérivés avaient été déclarés interdits par le décret Gaboury-Berthelot, du nom de ses instigateurs, mais, pour la première fois depuis, Alek avait envie d'une cigarette.

Indirectement, il avait eu un rôle non négligeable dans l'application de ce décret. Les hommes de loi s'étaient servis largement dans leur communication de l'incendie qui avait ravagé la maison de son oncle Octavio, avec qui il vivait à l'époque dans la partie ouest de la ville, comme preuve flagrante des méfaits du tabac et des vertus de la nouvelle loi. Alors que la demeure n'était plus que cendres chaudes, Alek s'était réveillé dans sa voiture, les mains empestant l'essence, se souvenant uniquement d'une violente altercation avec son oncle, puis rien. Black-out. La police avait vite conclu qu'un cigare mal éteint était à l'origine de l'incendie, Alek ne fut jamais inquiété. La voiture, c'était tout ce qui lui restait. Le soir même, il prit la route, traversa la ligne de partage du temps et s'installa dans les quartiers nord-est de la ville. Depuis, il faisait des exercices de relaxation, s'était investi dans l'art éphémère et se contenait au quotidien. Il trouvait que la solitude lui épargnait bien des désagréments.

C'était exactement ce genre de pensées qu'Alek cherchait à éviter. Sa tête était en feu, il voyait les plantes s'embraser les unes après les autres. Il se répétait à voix haute :

— Calme-toi, calme-toi…

Et tenta de se ressaisir en retournant vers la tasse de café au lait, mais à sa place il vit le colis posé sur la table. D'un bond, il fut en dehors du hamac. Il s'envoya une gorgée de rhum, arracha le gros scotch gris, ouvrit les rabats de carton, et son visage devint blême, ses lèvres s'entrouvrirent pour laisser sortir un juron. Quinze secondes plus tard, il composait le numéro de téléphone inscrit sur la carte d'Absalon Mendoza. Au bout de deux sonneries, quelqu'un décrocha :

— Avez-vous bien dormi, monsieur Salazar ?

Un coup de klaxon parvint jusqu'à son oreille droite depuis la rue et résonna en même temps dans son oreille gauche qui était collée au combiné. Alek se rendit jusqu'à la fenêtre et passa la tête entre les rideaux. Son front scintillait d'une sueur froide. Son interlocuteur se trouvait dans la cabine téléphonique de l'autre côté de la rue. Il le vit se courber et entendit clairement au même moment dans l'appareil le bruit sec d'un crâne frappant une vitre, suivi d'un «aïe» étouffé.

— Bougez pas! Je descends.

— Mais prenez tout votre temps, Alek. Je vous attends.

Alek enfila ses vêtements sans même s'apercevoir qu'eux aussi avaient pris une teinte jaunâtre. Il mit le colis sous son bras, se chargea les doigts de sacs de terre, reposa le tout pour boire un coup de rhum, aperçut une souris morte, reprit les sacs et le colis, dévala les escaliers en slalomant entre les écoliers qui remontaient en chahutant et tapant ses poubelles. Au cinquième, à bout de souffle, il s'arrêta un moment pour réfléchir. Il était persuadé qu'il n'allait pas aimer ce qu'il apprendrait sous peu. Il ne pouvait y échapper, mais il pouvait néanmoins profiter de ces derniers instants de calme avant la tempête qui s'annonçait. Il respira calmement, descendit les marches une à une, presque au ralenti, jusqu'à la sortie de l'immeuble.

Absalon Mendoza était assis sur le capot de la voiture d'Alek. D'un petit bond, ses deux pieds rejoignirent le sol et quand Alek arriva à sa hauteur, il s'inclina comme à son habitude. Il n'était pas très grand. Alek ne parvenait pas à lui donner un âge. Il avait les cheveux gris, un visage joufflu, aucune ride, un nœud papillon vert, de larges bretelles rouges sur une chemise jaune, sa main gauche enveloppée d'une moufle noire et un torchon sale dans l'autre.

— J'espère que vous ne m'en voudrez pas d'avoir dépoussiéré votre voiture en vous attendant, monsieur Salazar.

Alek le fixa dans les yeux le plus froidement possible. Il remarqua alors ce qui lui avait toujours paru bizarre dans cette figure : outre ses yeux vairons, il n'avait pas de sourcils. Il jeta les sacs-poubelles dans le coffre, prit place derrière le volant et ouvrit la portière côté passager. Une fois toutes les portes claquées, un long silence s'ensuivit. Ils regardaient tous les deux droit devant. Absalon Mendoza voyait un vendeur de rue remplir un panier pendu depuis les étages supérieurs le long d'une corde rapiécée. Derrière son vélo, l'épicier ambulant traînait un chariot rempli de pommes rouges. Alek, les poings crispés sur le volant, ne pouvait détourner son regard de cette tache qui détonnait dans le paysage de bitume et de ciment. Il ouvrit soudainement le colis et brandit sous les yeux de son passager immobile un bout de tissu infâme en gueulant :

— C'EST QUOI, CE DÉLIRE ?

La voiture en trembla. Un examen plus précis révélait que, sous une couche de champignons jaunes, le tissu en question était un masque de lutteur gris métallique arborant de longues canines sanglantes. D'un geste ferme mais délicat, Absalon Mendoza fit retourner le masque dans son carton.

— Calmez-vous, Alek. Écoutez-moi, je vais vous raconter une histoire…

C'était au temps du dernier grand hiver. Vous connaissez bien sûr les légendes qui circulent à propos de cette saison. Le froid, la neige, le vent, les arbres et la nature qui meurent, tout cela, vous l'avez déjà entendu, et même si vous êtes encore vierge de ce voile glacial qu'il faut parfois découper à la hache si l'on veut s'en débarrasser, vous savez que c'est arrivé et que cela reviendra. Mais peu importe, ceci est simplement pour que vous compreniez dans quelles conditions nous vivions à ce moment-là…

Cette histoire est celle d'Éric Haisault. Il fut aussi connu à une certaine époque de sa vie sous le nom de Vampiro del Norte, un lutteur invaincu, ou presque. Je dois vous préciser tout de suite que j'ai toujours trouvé cette discipline aussi violente que grotesque, mais le Maître en avait fait sa passion, et à mon humble niveau, je ne pouvais que l'accepter. Car, bien avant d'être lutteur, Maître Éric était d'abord devin, prophète, visionnaire, un être exceptionnel qui connaissait autant l'avenir le plus lointain que le passé le plus reculé. Ses dons avaient sauvé de nombreuses vies. On ne comptait plus les ministres, dirigeants et autres acteurs qui avaient profité de ses services. Ma propre mère, Alicia, avait suivi ses conseils à la lettre pour se faire féconder et me donner vie. Il en fut de même pour la venue de ma sœur, Azéma. Vous ne reconnaîtriez pas la ville dans laquelle nous vivions alors. Nous habitions une masure ouverte aux intempéries. Ma pauvre mère, notre pauvre mère, perdit son combat contre la mort alors que nous étions à peine adolescents. Elle emporta dans la tombe quelques secrets qui nous seront à jamais interdits. Nous nous sommes retrouvés livrés à nous-mêmes. Deux pauvres âmes grelottantes et fiévreuses qui n'auraient pas survécu à la tempête suivante sans l'intervention de celui qui devint notre Père spirituel. Il nous accueillit chez lui et se chargea de notre éducation. Il nous apprit d'abord à nous connaître, puis à nous concentrer et à comprendre le fonctionnement du monde. Il nous inculqua enfin son savoir le plus profond. Azéma fut plus réceptive que moi à ses principes ésotériques. À seize ans, ses horoscopes faisaient fureur dans le quartier. Quelques mois plus tard, elle sut même prédire avec exactitude la fin de l'hiver et l'aube du printemps éternel que nous connaissons encore de nos jours. Dans la même année, c'était un samedi matin, elle avait passé la nuit entière éveillée, tracassée. Vers midi, elle se présenta, gênée, dans les appartements du Maître pour lui annoncer qu'il allait perdre le combat prévu le soir même. Il la regarda longuement, comprit la certitude qu'il y avait dans les yeux de cette gamine, et toute sa tristesse, aussi, de devoir lui annoncer à lui, son père, son mentor, qu'un malheur le guettait. Il lui fit signe de s'approcher, de s'allonger à ses côtés et il lui caressa longuement les cheveux pour la consoler, la remercier d'avoir interrogé les oracles à son sujet. Sa voix tremblait sur certains mots.

La *lucha*, ces combats, il s'en amusait : pour lui, c'était surtout un exutoire lui permettant d'évacuer les visions malsaines qu'il voyait traîner au fond des âmes. Mais comme tout ce qu'il faisait, il le faisait sérieusement. Il avait effectué un long travail sur son corps, s'était entraîné sans relâche avant de se sentir capable d'affronter ses premiers adversaires. Bien sûr, il luttait pour gagner. Il n'avait cure de l'argent des victoires, qui nous permettait tout de même d'agrémenter l'ordinaire, mais pour dire vrai il était très mauvais perdant. Aussi se servait-il de ses dons pour ne s'engager que dans des combats dont il savait qu'il sortirait vainqueur. Ainsi en était-il pour le combat de ce soir-là, mais Azéma n'avait pas vu le même résultat. Nous ne le savions pas encore, mais à cet instant précis il avait compris que c'était le signe qu'il devait passer la main, que c'était le signe qu'il devait préparer sa fin. Il perdit le combat, comme Azéma l'avait prédit. Je crus un moment que Maître Éric s'était laissé battre pour ne pas faire mentir Azéma. J'en voulais à ma sœur d'avoir prophétisé une si méchante chose. Sans qu'elle ait jamais eu besoin de me l'avouer, je savais qu'elle éprouvait pour notre père bien plus que de la tendresse et de la reconnaissance. J'attribuais sa triste prédiction à une vengeance d'amoureuse éconduite.

Après cette horrible défaite, en quelques semaines, en moins d'un mois, Maître Éric, lui qui semblait voué à une éternelle jeunesse, se mit à vieillir. Ses cheveux ne repoussèrent pas, il perdit trois dents, le corps dont il était si fier et si respectueux s'affaissa rapidement, presque à vue d'œil. Ma sœur ne le quittait plus, elle s'en occupait comme d'un animal blessé, d'une poupée cassée, avec toujours dans ses yeux un air abattu. Je réalisai alors qu'elle avait certainement dû voir d'autres prédictions bien plus terribles que cette défaite, et qu'elle avait préféré les garder pour elle. Ma petite sœur avait grandi sans que je m'en aperçoive, elle était devenue femme. Un soir, une nuit, il nous appela à son chevet. Il nous expliqua laborieusement, entre deux râles, qu'il allait partir, mais que nous ne devions pas souffrir de sa mort, car il allait se réincarner en un nouvel individu, sous une nouvelle identité. C'est ainsi qu'il en était pour sa lignée : ils traversaient le temps d'un corps à l'autre. Il nous fit promettre de ne jamais abandonner la recherche de sa nouvelle existence. Usant ses derniers souffles, il transmit tant bien que mal à Azéma des visions de sa prochaine vie qui lui venaient comme le film de la sienne à l'envers. Elle les retranscrivit. Il expira. Sur la table de chevet, une enveloppe nous était adressée. Des papiers officiels faisaient de nous ses héritiers et un vieux parchemin expliquait avec grande précision ce qu'il convenait de faire de sa dépouille. Durant toute une semaine, je fus interdit de séjour dans un étage entier de la maison. Azéma travaillait. De sa capacité à suivre les instructions de notre Maître dépendait sa renaissance, son retour parmi nous. Au septième jour, elle descendit dans la cuisine où je m'étais retranché, et tout de suite nous nous penchâmes sur les visions fugaces et imprécises qui demandaient à être interprétées.

À partir de ce jour, tout notre temps et nos efforts furent consacrés à cette recherche. Je vous parle d'années. De milliers de kilomètres parcourus et d'autant de visages et d'espoirs trompeurs. De la peur de l'échec, de la remise en question continuelle des interprétations faites par ma sœur, de la crainte de mourir en ayant failli à la tâche la plus importante de notre vie. Tout cela sur nos épaules et dans nos têtes pendant des nuits et des saisons, et enfin la révélation, l'aboutissement de tout ce travail : Alek (il prit les mains d'Alek dans les siennes, l'admira de ses yeux humides), il ne fait maintenant plus aucun doute que vous êtes la réincarnation de notre Maître.

Alek éclata d'un rire nerveux et mauvais :

— Sortez tout de suite de ma voiture, espèce de taré.

— Bob. Appelez-moi Bob, tout simplement. Vous savez que vous avez gardé sa voix. Je ferme les yeux et je le revois. Ah ! Je remarque bien que vous ne comprenez pas l'importance de ce moment pour moi. Et pour vous. Mais il est bien naturel d'être sceptique face à ce nouveau destin qui s'ouvre à vous. Nous l'avions prévu. Mais n'ayez crainte, je vous apporterai en temps voulu les preuves irréfutables de votre véritable identité, mon Maître.

Absalon Mendoza sortit de la voiture et, avant de refermer tranquillement la portière derrière lui, il ajouta :

— Les champignons sur le masque fétiche de votre prédécesseur sont apparus en même temps que ceux qui parsèment votre logis. Je n'en ai pas encore finalisé l'analyse, mais je peux d'ores et déjà vous annoncer qu'il s'agit d'une nouvelle variété de lépiote que j'ai pris la liberté de nommer, en votre honneur, la *Lepiota salazaria*. Malheureusement, je n'ai pas encore trouvé le moyen de vous en débarrasser. Sachez que je le regrette profondément.

Une courbette et il s'en fut. Alek demeura de longues minutes les yeux perdus dans le vide, hypnotisé par les lettres rouges du pare-soleil encore lisibles, qu'il voyait à l'envers : ƆIЯƎ. Il préféra prendre cela pour une malencontreuse coïncidence.

Le soir même à l'église, Alek resta de longues heures assis dans la chaire du prêtre, les yeux perdus dans les couleurs des vitraux. Il faisait son possible pour se sortir de la tête cette histoire rocambolesque, mais les cheveux gris d'un saint que les fidèles entre eux surnommaient Eleggua lui rappelaient ceux d'Absalon Mendoza, l'auréole jaune lui donnait la nausée, le rouge flamboyant d'un ciel apocalyptique faisait danser devant lui la cape du Vampiro. Et si c'était une machination contre lui? Il ne rejetait pas l'hypothèse mais ne trouvait aucun lien entre l'incendie de l'ouest et cette histoire de réincarnation, encore moins avec El Vampiro. Il ne connaissait aucune famille à son oncle Octavio. D'ailleurs, Absalon Mendoza n'y avait même pas fait allusion dans son histoire. Il se demandait quel genre de preuves ce taré pourrait bien apporter. Juste pour envisager toutes les possibilités, se disait-il, il fouilla sa mémoire, essaya de remonter aux sources de ses origines pour trouver d'éventuels signes annonciateurs d'une quelconque vie antérieure. Dans ses plus lointains souvenirs, il vivait avec sa grand-mère, Carmencita. Elle lui chantait des comptines pour qu'il s'endorme le soir et lui cuisinait des gâteaux au chocolat et à la mayonnaise pour son anniversaire. Le jour de ses trois ans l'avait marqué, car en essayant d'attraper le gros gâteau sur la table avec ses bras trop courts, il l'avait fait tomber par terre. Dans la crise qui s'ensuivit, il avait cassé l'éléphant à roulettes qu'il traînait tout le temps derrière lui. Ce jouet faisait aussi partie du décor de son tout premier souvenir : assis dans un couloir, l'éléphant entre les jambes, il voyait des langues de feu sortir d'une porte. C'était le jour où ses parents étaient morts dans l'incendie de leur appartement, comme le lui avait raconté sa grand-mère bien des années plus tard. Elle lui avait dit qu'il avait échappé aux flammes en voulant récupérer son jouet dans le couloir. On l'avait retrouvé évanoui, les mains brûlées au deuxième degré.

Soudain, la nef de l'église fut emplie de cris, de la clameur d'une foule qui aurait pris place magiquement sur les bancs. Il avait chaud, il se sentait en sueur et il se trouvait au centre d'un ring. Des coups pleuvaient sur sa tête et ses épaules sans qu'il puisse voir son adversaire. C'était le prêtre qui le réveillait sans ménagement en le martelant à l'aide d'un grand crucifix délesté de son corps.

— Salazar ! Encore vous dormez ! Au travail, mon garçon. Je n'aimerais point avoir à vous répudier.

Le père Vlad lui tendait une vieille feuille de journal avec des dizaines d'annotations illisibles inscrites dans les marges et entre les lignes imprimées. La liste de tout ce qu'il y avait d'urgent à réparer.

— Vous recevrez vos appointements une fois tout ceci ravaudé comme il se doit.

Le père regagna ses quartiers en maugréant des paroles inintelligibles, Alek alla s'asperger le visage d'eau bénite et se mit au travail. Il suivit les ordres inscrits sur la feuille et les barra au fur et à mesure qu'il revissait un banc ou remplaçait la serrure du tabernacle. Il réussit pendant trente-cinq bonnes minutes à se concentrer uniquement sur son travail. Le dernier objet auquel il s'attaqua était un cadre en bois sur lequel étaient gravés les dix commandements. *Profané*, disaient les lettres tremblantes du prêtre. Quelqu'un s'était amusé à coller par-dessus les ordres divins des bandes de tissu blanc, avec les mots suivants imprimés en rouge :

Mon miroir il sera
Avec ses pieds, mon nom il écrira
Une nouvelle variété de lépiotes de son œuvre naîtra
De chez lui, des cadavres sortiront
De jungle il sera entouré

Quand Alek poussa la porte du Café Central, les clients du matin étaient agglutinés au bar. Pas un souffle, des statues de sel entourant le poste de radio. (Voix de femme) : «... *BIP cinq heures sept bip minutes heure de bip l'Est...*». Silvio fit signe à Alek de s'approcher en silence. Ils attendaient les résultats sportifs. (Voix d'homme) : «*bip Le ministre délégué bip aux interprétations bip fondées sur les bip croyances culturelles bip est encouragé par bip une hausse de dix-huit pour cent bip des cas traités par bip son équipe, cela bip démontre notre bip capacité à répondre bip à une demande du bip peuple déclara-t-il BIP quatre heures bip vingt-deux minutes bip heure de l'Ouest.* (Voix de femme) *Sport, football bip l'équipe féminine bip numéro huit du bip quartier sud-ouest bip a battu treize à deux bip son homologue du bip quartier nord-nord- bip est...*» Alek supportait difficilement la radio officielle, mais c'était la seule qui courait les ondes. Au fur et à mesure des résultats, des billets changeaient de main, et après cinq autres minutes de ce manège bruyant Silvio daigna enfin faire marcher sa machine à café.

— Vampirito ! Bien dormi sur les bancs de l'église ? Pas assez, on dirait. Dis-moi, il y a des combats annoncés pour samedi soir, tu veux venir ?

— Non merci, et j'apprécierais que tu cesses immédiatement de m'appeler Vampirito ou Vampiro ou n'importe quoi d'autre qu'Alek. Alek Salazar, c'est mon nom. Et j'y tiens.

59

— Eh bien, on est en forme ce matin.

— Un rhum, s'il te plaît.

— Tiens. Et celui-là, tu vas le payer, mônsieur Alek Salazar.

Après deux gorgées en solitaire, Alek fit signe à Silvio de s'approcher et lui offrit un rhum. Celui-ci le mélangea à son café et, d'un hochement de tête désinvolte, lui demanda :

— C'est quoi encore ton problème ?

— J'ai revu Absalon Mendoza.

Alek était blême, il se pencha au-dessus du comptoir pour susurrer à l'oreille de Silvio :

— Il dit que je suis la réincarnation de son Maître, Éric Haisault, une espèce de devin.

Il se recula pour mesurer l'étonnement de son interlocuteur.

— Moi, c'est ma mère et ma tante qui n'arrêtent pas de me faire chier à me répéter que je suis mon arrière-grand-père. Tout ça parce que j'ai trois taches de naissance exactement identiques à celles du vieux. Il paraît. Jesús il s'appelait, Jesús Philogène. Mais c'était même pas un devin, le vieux : il était alcoolique, il battait femme et enfants, et il s'est fait fusiller pour trafic d'eau chaude pendant le dernier grand hiver. Tu parles d'une référence, mais qu'est-ce que tu veux, je dois vivre avec…

Énervé, Alek reprit la parole :

— Attends, j'ai pas fini, le plus incroyable, c'est que…

Il se tourna vers les clients qui attendaient patiemment la suite de son histoire, se pencha vers Silvio et lui chuchota en cachant ses lèvres d'une main :

— C'est que le Éric en question, il était aussi lutteur pro et que son nom de scène, je te le donne en mille, c'était El Vampiro del Norte !

— Je le savais !

— QUOI ? Comment ça tu le savais ?

— L'instinct. J'étais certain que de près ou de loin tu avais un lien avec lui. D'accord, là ça vient d'extrêmement loin, mais au moins, nous voilà fixés. Et j'avais raison.

Les clients acquiescèrent silencieusement.

— Mais tu veux dire que tu crois à cette histoire ?

— Je dis que c'est pas impossible, regarde ma mère et ma tante…

— Oui, mais la différence, c'est peut-être que ta mère et ta tante elles te harcèlent pas, elles font pas pousser chez toi des champignons qui font crever ton chat, elles te suivent pas partout, elles n'impriment pas des cartes de visite avec comme numéro de téléphone celui de la cabine en bas de chez toi, elles te refilent pas un vieux masque de lutteur pourri de ces mêmes putains de champignons, elles te foutent pas des inscriptions dans ton bar énumérant les preuves que tu n'es pas toi, mais la réincarnation d'un devin ou d'un lutteur débile…

— *OYE !* Un peu de respect pour El Vampiro, s'il te plaît. Le masque, tu l'as gardé ?

— Oui, il est chez moi.

— Tu sais que ça vaut cher ça, mon ami ? Je pourrais te trouver des acheteurs pour deux cents billets au moins. Vraiment, je vois pas de quoi tu te plains : même si c'est pas vrai, cette histoire, tu t'es dégoté un admirateur qui te fait des cadeaux, qui sait ce que tu pourrais en retirer… Faut voir le bon côté des choses et en profiter, voilà tout (il ponctua sa phrase d'un clin d'œil.) Une fille. C'est ça qu'il te faudrait, Alek. T'es stressé, mon vieux (il continua à voix basse.) Je connais quelques bonnes adresses…

— Laisse tomber, Silvio, j'ai pas la tête à la fête. T'aurais pas plutôt des cigarettes ?

Silvio lui lança un regard méchant et siffla :

— T'es fou ? Pas ici !

Alek paya ce qu'il devait. La maison lui offrit gracieusement un verre pour la route.

— Bon, et pour samedi alors, tu viens ou pas?

Maintenant qu'Alek avait envie d'une cigarette, il ne pensait plus qu'à ça. Il n'avait d'autre choix que d'aller voir madame Who. Il flairait déjà l'odeur de la fumée, il commençait même à ressentir les bienfaits des volutes bleutées qui évolueraient devant ses yeux en dissolvant une à une les cellules embrumées de son cerveau. C'était de son oncle Octavio qu'Alek tenait ce truc infaillible pour se relaxer. L'oncle Octavio était en fait un vieil amant de sa grand-mère Carmencita. Quand elle mourut, c'est lui qui s'occupa d'Alek. Il se souvenait très bien du premier jour où il s'installa chez lui. Il l'avait épié à l'heure de la sieste. Il était assis dans un gros fauteuil en cuir au milieu du salon. Les cigares existaient encore à cette époque. L'oncle Octavio en prenait de longues bouffées qu'il recrachait ensuite précisément dans l'ouverture d'un formidable verre ballon empli de cognac, verre qui dans l'imagination enfantine d'Alek était probablement aussi gros que les éléphants que le vieil homme se vantait d'avoir vus. Il le remplissait de longs jets de fumée grise ou bleue, selon l'angle et la lumière, puis il admirait, l'air quelque peu béat, les volutes emprisonnées dans leur cage de verre. Les nuages, certains clairs, certains foncés, s'absorbaient et prenaient des formes incongrues, des cercles, des visages, des figures. La fumée se mélangeait aux vapeurs de l'alcool, le cognac se teintait des effluves du tabac, c'était une potion magique qu'il concoctait pour l'absorber ensuite en une longue inspiration et une unique gorgée. L'oncle lui avait fait signe d'approcher et, sur le ton d'un secret qu'on n'aurait jamais dû révéler à un enfant de son âge, il lui avait dit alors qu'il était possible de dissoudre ses mauvaises pensées dans la fumée. Alek était persuadé qu'il existait un lien mystérieux entre cette phrase et la mort de son auteur, survenue bien des années plus tard dans l'incendie de sa maison.

Madame Who ne dormait jamais. Alek passa chez elle directement en revenant du café. Des oiseaux sifflaient un air de tango quand on appuyait sur la sonnette de son appartement. Derrière un œil-de-bœuf, elle demanda :

— Oui ? C'est pour quoi ?

— Vous savez bien, madame Who, laissez-moi entrer.

— Non. Je ne vois pas de quoi vous voulez parler et vous m'avez tout l'air de quelqu'un prêt à abuser d'une femme faible et fragile comme moi.

— Vishwantee, s'il vous plaît...

Elle fit jouer la mécanique de trois verrous puis entrebâilla la porte,

— ... Tu es seul ?

— Mais bien sûr.

Elle défit le crochet de sécurité et le laissa enfin entrer. Son intérieur était coquet et sentait le parfum du tabac froid, son haleine puait le vin blanc frelaté. Elle le fit asseoir dans le salon et lui proposa un thé :

— En toute simplicité, le temps que j'aille mettre quelque chose de décent...

Avachi dans une montagne de coussins, Alek se détendit. Il se concentrait sur le décor qu'il avait déjà eu maintes fois l'occasion d'apprécier. Pour un petit verre, un petit café, une ampoule à changer, un robinet à resserrer, des petits achats... Son point central était sans aucun doute le grand lustre dont chacun des dizaines de diamants en cristal de pacotille était enrobé avec soin dans un petit étui tricoté main par la maîtresse de maison. Elle disait tout le temps, pour justifier son attachement à ce bruyant luminaire, que c'était...

— Un souvenir de famille, mon seul héritage, alors tu comprends que j'y tiens, même si je ne supporte plus les cliquetis qui se mettent en branle à chaque fois que quelqu'un éternue dans cette masure...

Elle était réapparue devant lui dans une tenue qui permettait d'un seul regard d'avoir la certitude qu'elle ne portait aucun sous-vêtement.

— Mais je ne devrais pas dire ça, tu vas me prendre pour plus vieille que je ne le suis à radoter ces souvenirs.

— Je vous rassure, vous ne faites vraiment pas votre âge, madam... Vishwantee.

— Tu sais, Alek, une femme n'est vraiment belle que quand elle est aimée. Mais trêve de bavardages, que me vaut cette agréable visite matinale ?

— Hier, dans l'escalier, vous m'avez parlé de cigarettes...

Elle se leva brusquement en lui intimant d'un geste de se taire et mit en marche un antique magnétophone. La bande de la cassette débita des notes d'un piano désaccordé et des paroles grésillantes : *Con tu cuerpo a mi lado, me siento tan feo*. Elle vint se coller à l'oreille d'Alek :

— Oh, mon Dieu, c'est vrai, tu as raison, je t'en avais touché un mot. Mais vois-tu, j'étais si anxieuse d'avoir toutes ces cigarettes chez moi, regarde, j'en ai encore la chair de poule, que je les ai toutes fumées...

Elle continua d'un petit rire léger, presque sadique :

— Quelle aventure !

Dire qu'Alek était déçu serait un grave euphémisme : il se voyait truffer le fion de cette folle avec tous les diamants de son lustre.

— Mais lundi prochain, mon cher, je pourrais peut-être avoir quelque chose pour toi.

D'un bond Alek fut dans la cuisine, renversa le contenu de la poubelle par terre, recueillit sept mégots bordés de rouge à lèvres, les fourra dans sa poche et sortit sans prêter attention à Vishwantee qui lançait des petits cris féminins mal imités. Il claqua tellement fort la porte que cela déclencha, par cris et aboiements interposés, la chorale des coqs haut perchés sur les toits du quartier, et ce, pour la seconde fois depuis le petit jour.

Calmement, Alek se prépara à fumer. Sur une petite table à portée de main du hamac, il déposa une bouteille de rhum entamée et, faute de verre ballon, un récipient qui avait été conçu pour servir de vase. Il s'allongea confortablement, de biais, la tête et les pieds proches du vide. Il tenait dans la paume de sa main gauche les longs filtres tatoués des lèvres de sa voisine, au bout desquels subsistaient quelques brindilles de tabac carbonisées. Il les considéra longuement avant d'en allumer un. Depuis la veille, il avait eu le temps de faire le point, de ressasser tout ce qui lui était arrivé en moins d'une semaine. Il avait répertorié les données du problème, séparé les faits concrets de ceux racontés, considéré les répercussions de chaque option et avait finalement réduit l'ensemble des possibilités à une et une seule alternative : soit il était bel et bien la réincarnation de ce Éric Haisault, soit il ne l'était pas. Tout le reste en découlait. Au troisième mégot, il n'avait toujours pas réussi à se vider la tête de la moindre pensée. La fumée dans le vase ressemblait en tous points à celle propagée par du mazout enflammé, elle provenait principalement de la combustion de fibres de cellulose. Il but une gorgée et essaya de s'imaginer ce que ça signifierait pour lui d'être cette réincarnation. De toute façon, il savait qu'il n'avait d'autre choix que d'écouter ce qu'avait à lui révéler Bob. Pas besoin d'être un devin pour savoir qu'un illuminé de son cru n'abandonnerait jamais ses illusions alors qu'il pensait avoir trouvé l'objet de sa quête. Du moins pas sans utiliser des solutions radicales. Alek sentit son sang se glacer. De sombres pressentiments lui disaient qu'il devait rester sur ses gardes. Il prit une nouvelle inspiration de cette fumée outre-noire qui empestait et laissait son empreinte sur le verre, puis une bonne rasade de rhum. Les champignons, le chat, Absalon Mendoza, Silvio, El Vampiro, son oncle Octavio, madame Who et même les souris se tenaient par la main ou la patte et dansaient dans sa tête en une folle farandole qui lui donna le tournis. Son visage vira au vert, il eut juste le temps de se jeter à genoux devant la cuvette des toilettes avant de vomir bruyamment. Impossible de ne pas remarquer que les rejets de ses tripes prenaient des tons inusités dans la palette des couleurs connues et répertoriées de la bile. Quand il eut la force de se relever, il prit une couverture, son oreiller sous le bras et s'en alla dormir dans sa voiture.

– 7 –

Les festivités de la fête nationale approchaient, l'ambiance était à la nervosité. Les voisins s'engueulaient pour un rien, d'un immeuble à l'autre. Les voix de stentor des petits commerçants, qui arrivaient généralement à se faire parfaitement comprendre des vieilles veuves des derniers étages, devaient ces jours-ci affronter les cris perçants et enthousiastes de grappes de gamins en uniforme scolaire, dispensés de cours afin de vendre à la population les obligatoires drapeaux rouges sur une face et verts sur l'autre, que tout le monde agiterait de la main droite le jour sacré. Les écoles se disputaient l'exclusivité des rues et quartiers.

(Voix de femme) : «*Dix-huit* ^{bip} *blessés sont à* ^{bip} *déplorer à la suite* ^{bip} *d'échauffourées* ^{bip} *entre élèves de* ^{bip} *différentes écoles* ^{bip} *des quartiers nord-* ^{bip} *nord-ouest. Le* ^{bip} *général Oscar en* ^{bip} *retraite a déclaré :* ^{bip} *Je suis ému de voir* ^{bip} *que notre jeunesse* ^{bip} *est prête à se* ^{bip} *battre ne serait-ce* ^{bip} *que pour avoir le* ^{bip} *privilège de* ^{bip} *distribuer les couleurs* ^{bip} *de notre patrie.* (Voix d'homme) : *^{BIP} Dix sept heures* ^{bip} *quinze minutes* ^{bip} *heure de l'Est.*» Alek ferma la radio. Il avait collé sur son pare-brise une feuille de papier avec le message suivant inscrit en gros et souligné : *J'ai déjà tous les drapeaux qu'il me faut!!!* Mais beaucoup de gamins ne savaient pas lire. Ce n'était guère une situation propice au repos. Cependant, il se sentait mieux. Sa nausée avait disparu, seul un mal de tête carabiné subsistait.

Il était déjà retourné trois fois chez lui pour des raisons sanitaires. Il en avait à chaque fois profité pour ramener quelques provisions et se débarrasser d'une partie infime des plantes et sacs qui encombraient son appartement. Six jours ne seraient pas de trop pour achever ce travail. Ce n'était pas la perspective de vivre une semaine dans sa voiture qui l'inquiétait, mais il ne savait déjà plus où jeter ses ordures et il devait se procurer d'urgence une trentaine de grands sacs-poubelles.

De toute la journée il ne vit trace d'Absalon Mendoza. Il ne prit pas la peine d'essayer de lui téléphoner : il avait une vue directe sur la cabine téléphonique. Par contre, en plus des gamins, ce fut le défilé des voisins qui le réveillaient à tout bout de champ en tapotant au carreau pour le questionner insidieusement sur le pourquoi d'un tel aménagement ; certains firent même allusion à son grand ménage. Il répondit, de moins en moins poliment, qu'il se préparait pour la fête nationale, qu'il expérimentait une nouvelle sorte d'hôtel roulant, ou que son chat avait besoin d'intimité pour accomplir l'acte de la reproduction. Au quatrième curieux, il se décida, malgré son réservoir presque vide, à aller se garer trois rues plus au sud, sur une avenue peu fréquentée menant au cimetière.

Il profitait de l'ombre d'un magnifique palmier royal et le vent sifflait en s'engouffrant par les vitres ouvertes. Les pieds nus posés sur le volant, allongé dans le siège conducteur abaissé, il avait l'impression d'être à bord d'un vaisseau glissant sur les flots sous pilote automatique. D'ailleurs, l'intérieur de sa voiture commençait à prendre la tournure d'une cabine exiguë de petit bateau : une torche électrique se balançait au plafond, une bouteille d'eau et quelques aliments non périssables emplissaient un carton coincé entre les sièges avant, la banquette arrière était maintenant une couchette, avec le journal du jour à son chevet. Ça ne valait pas le confort d'un hamac, mais tout de même il s'y sentait mieux que chez lui, malgré ces lettres rouges qui s'imprimaient sur ses rétines même quand il fermait les yeux.

La nuit tombait et il piochait des pois chiches froids à même une boîte de conserve quand une camionnette, tous phares allumés, vint se garer en face de lui. Une fois les feux éteints, il vit les quatre portières s'ouvrir en même temps. Alek reconnut tout de suite Absalon Mendoza. Il était accompagné de trois hommes coiffés de casquettes. Alek se redressa brusquement sur son siège et, le temps de se cogner les genoux contre le volant, le petit vieux et ses trois sbires entouraient sa voiture. Ils le saluèrent d'une courbette et Absalon vint à sa fenêtre.

— Monsieur Salazar, Maître, nous sommes venus vous prêter main-forte pour débarrasser votre appartement des champignons qui l'infestent. Votre santé est en danger.

Encore un peu ahuri de cette soudaine apparition, Alek parla plus vite et plus fort qu'il ne l'aurait voulu :

— Merci, mais je m'en étais rendu compte par moi-même ! Ça commence à bien faire vos conneries, vous allez me les cracher vos preuves, espèce de...

Son regard alla des six bras croisés sur des bleus de travail au visage souriant et tellement sûr de lui de...

— Bob. Appelez-moi Bob. Tout simplement. Monsieur Salazar, sachez que je suis parfaitement conscient du désagrément causé par cette révélation. Vous m'en voyez désolé. De même, je ne puis me résoudre à vous voir dormir dans une voiture, même si elle a déjà appartenu à votre prédécesseur...

— Mais oui. Bien sûr !

— Oh, pas dans son état actuel, naturellement, mais le cœur du moteur V8 qui en constitue l'âme est celui-là même qui fit rouler la Continental Mark IV de Maître Éric il y a bien des années de cela.

— Content de savoir enfin où se cache cette fameuse âme des voitures.

Absalon Mendoza continua sans sourciller :

— ... et c'est donc tout naturellement que je vous propose de réintégrer le logis qui fut le vôtre.

Alek lui jeta un regard noir :

— Je me contenterai de votre aide pour nettoyer mon appartement.

Ils étaient bien équipés, ils avaient l'air d'avoir fait ça toute leur vie. En moins de cinq minutes, un ingénieux système de treuils, qu'on aurait dit spécialement conçu pour cette utilisation et cet appartement, fut installé sur l'encadrement de la fenêtre. Absalon Mendoza et l'un des hommes en bleu de travail descendaient dix par dix les plantes, la terre et les pots déposés dans une grande toile d'un mètre carré, que les deux autres récupéraient sept étages plus bas et engouffraient sans repos à l'arrière de la camionnette. Tout le monde portait un masque de gaze et des gants de caoutchouc, sauf Absalon Mendoza qui avait toujours une moufle noire à la main gauche. En pleine nuit et en moins d'une heure, l'appartement fut vidé de quatre-vingt-dix pour cent de son contenu. La finition du travail fut exemplaire. Les deux hommes du bas remontèrent pour participer à la désinfection des murs, armoires et planchers. Ils récurèrent la vaisselle, jetèrent tous les aliments, sans distinction. Assis sur un grand sac-poubelle étanche contenant ses vêtements, Alek avait la froide impression d'assister à l'inauguration d'un bloc sanitaire. Ils communiquaient principalement par signes, un peu comme des plongeurs en détresse.

Quand tout fut fini, en deux gestes, Absalon Mendoza fit comprendre à tout le monde qu'il les invitait à manger un morceau.

(Voix de femme) : « *bip Toutes ces avenues bip sont fermées à la bip circulation pour bip cause de préparation bip des festivités de bip la fête nationale bip. Nous invitons les automobilistes bip à emprunter des bip voies alternatives. BIP Deux heures bip sept minutes bip heure de l'Ouest.* » À cette heure de la nuit, il fallait changer de quartier pour trouver un restaurant ouvert. Alek était au volant de sa voiture, il suivait les feux arrière de la camionnette à travers les entrelacements des périphériques. Sans même qu'il ait eu à le demander, un des hommes à casquette avait versé un jerricane de dix litres de carburant dans le réservoir assoiffé de sa voiture. Malgré cela, il ne les aimait pas, ces trois types. Ils ne s'étaient pas présentés, ils n'avaient pas proféré la moindre syllabe depuis leur arrivée. Il n'y avait guère que leurs casquettes pour les différencier. Ils semblaient provenir d'un même moule aux options de personnalisation restreintes. Casquette rouge avait les cheveux un peu plus longs et paraissait aussi être le plus grand, mais la différence était si infime que ce n'était peut-être qu'une illusion ; Casquette noire avait les yeux bleus ; Casquette blanche était le plus joufflu. Il était (voix d'homme) « *BIP Trois heures bip treize minutes bip heure de l'Est* » quand les deux véhicules se garèrent côte à côte devant un vieux *diner* ouvert vingt-quatre heures sur vingt-quatre, avec néons clignotants, banquettes en similicuir rouge et tables vertes en formica.

Les trois hommes en bleu de travail s'installèrent à une table, Absalon Mendoza et Alek à une autre. Une serveuse rousse au teint verdâtre leur présenta des menus. Alek se décida pour une omelette de pommes de terre et une bière. La serveuse lui pointa une ardoise accrochée à l'entrée des cuisines énumérant les ingrédients manquants ; les œufs étaient à la troisième ligne. Il commanda alors des côtes levées accompagnées de frites et de salade.

Absalon Mendoza le regardait en souriant :

— C'est assurément ce qu'aurait pris Maître Éric.

Alek le fixa avec un air de défi :

— Quelle coïncidence ! Vous allez me faire le coup à chaque fois ? J'utilise aussi la même marque de papier toilette, peut-être ?

— Croyez-moi, monsieur Salazar, en ce qui vous concerne, nous nous sommes employés à rendre le hasard le moins aléatoire possible.

— Écoutez-moi bien, espèce d'illuminé. Moi je n'ai rien demandé, et jusqu'à maintenant je vous vois essentiellement comme la source principale des *désagréments*, comme vous dites, qui s'acharnent sur moi. Alors de deux choses l'une : vous m'apportez les soi-disant preuves irréfutables de ce que vous affirmez, ou vous me foutez la paix, maintenant et à jamais.

La serveuse déposa les boissons sur la table, Absalon Mendoza prit une gorgée de thé vert avant de répondre.

— Non, pas la source. J'ai simplement l'honneur d'être l'observateur de faits qui se seraient déroulés exactement de la même manière, avec ou sans ma présence.

— Arrêtez de tergiverser, les preuves !

— Vous avez eu l'occasion de lire à l'église certaines des prophéties qui nous ont été transmises par Maître Éric.

— Oui, d'ailleurs vous auriez pu vous contenter de me les envoyer par courrier.

Absalon Mendoza le regarda avec bienveillance.

— Je trouvais l'endroit propice à la réflexion. Car vous savez ce qu'il en est des prophéties : tout l'art est dans l'interprétation qu'on en fait et il arrive bien souvent qu'on n'en comprenne la véritable signification qu'une fois l'acte accompli. Prenez par exemple celle-ci : *Avec ses pieds, mon nom il écrira.* Savez-vous, monsieur Salazar, quel chemin vous avez emprunté après que nous nous sommes quittés au parc, quand vous cherchiez à enterrer votre chat ?

— Mais je vous interdis de me suivre, pour qui vous prenez-vous ?

La serveuse arriva avec les plats. Alek se versa une mare de ketchup dans le creux d'une feuille de salade. Absalon Mendoza sortit un papier d'une poche intérieure de sa veste. Il le déplia soigneusement sur la table : c'était une section d'un plan de la ville. Tout en parlant, avec son couteau, il suivit un tracé déjà souligné de rouge :

— Depuis le Jardin de l'Éclipse, vous êtes remonté vers le nord le long de cette avenue, vous avez ensuite bifurqué vers l'est jusqu'ici où vous avez tourné vers le sud, puis dans cette rue vers l'ouest, après, vous avez pris cette ruelle transversale vers le sud-est qui descend jusqu'à cette grande avenue, que vous avez remontée vers le nord, droit jusqu'au cimetière.

Les traits rouges sur la carte formaient un R et un I. Absalon Mendoza se redressa, fier de lui. Alek rongeait un os et détestait parler la bouche pleine.

— Éclipse, R, I, Cimetière. Éric.

— Oui, j'avais compris… Un peu facile tout de même, je peux vous en sortir à la tonne des conneries de ce style.

Puis il retourna à son assiette.

— Ça peut vous paraître anodin, je le conçois. Mais ça l'est beaucoup moins pour quelqu'un qui, pendant des années, à visité des centaines d'écoles spécialisées et serré les orteils à des milliers de manchots. Entre vous et moi, je dois dire qu'ils sentent des pieds comme tout le monde.

Alek le regarda quelque peu ébahi, une frite suspendue aux lèvres.

— Excusez-moi de vous rappeler de bien tristes souvenirs, mais il est dit que des cadavres quitteront son domicile : votre chat et ces petites souris sont bien morts et sortis de chez vous. La ressemblance, le miroir, la jungle, les champignons, tout concorde !

Alek avait rangé les os rongés dans un coin de son assiette, il picorait des frites en buvant de la bière, un sourire narquois et une tache de sauce rouge aux lèvres.

— Et vous appelez cela des preuves ?

— Savez-vous quel est le dernier mot que Maître Éric a prononcé avant de s'éteindre ? Son tout dernier mot ? Celui qui est resté longtemps un mystère tellement insondable que nous avions de la peine à le prendre pour une prophétie...

— Mon numéro de téléphone ?

— *Ubre*, monsieur Salazar. Ce même mot qui est attaché à votre photo dans le journal. Est-ce encore une coïncidence ? À part vous, votre compère Silvio, de rares vétérinaires et aussi peu d'éleveurs qu'il existe encore de vaches, personne n'utilise ce mot.

— Et une fois encore, je suis censé vous croire sur parole ?

— Désirez-vous un café, mon Maître ?

— Je m'appelle Alek Salazar. Et oui, je veux un café.

Absalon Mendoza fit un geste de la main à la serveuse.

— Bien, moi j'en conclus surtout que vous ne pouvez être certain à cent pour cent que je sois cette réincarnation, mais...

— Impossible ! Au pire, nous n'avons pas su percevoir un des signes...

— Mais admettons...

— Supposer serait nier la vérité. Cela reviendrait à dire que vous n'existez pas et moi je serais en train de parler tout seul comme un vieux fou dans un restaurant.

— BREF! Imaginons que…

— Nul besoin d'imaginer, la vérité s'impose.

— MAIS JE PEUX PARLER, OUI? La serveuse sursauta et renversa du café sur la table. Le silence se fit pendant qu'elle essuyait le formica. Casquette blanche lâcha un rot : ce fut l'unique son qui sortit de sa bouche ce soir-là.

— Donc, disons que je sois cette réincarnation, qu'est-ce que cela implique pour moi? Il y a un héritage à la clef? Je dois me déguiser en lutteur? En gourou d'hiver? Faire vœu d'abstinence? Manger seulement des légumes verts et rouges? Me faire tatouer? Et vos trois bonzes, là, ils font partie de la secte? Ça serait pas des réincarnations d'acteurs de films muets par hasard?

— Soyons sérieux, monsieur Salazar, nous ne sommes en rien une secte et ces braves hommes sont effectivement muets. Je les ai rencontrés il y a sept ans de cela, lors de ma recherche de tous ceux qui auraient pu écrire avec leurs pieds, c'est une longue histoire… Mais je ne vous parle ici que d'une sœur et d'un frère qui, par respect et dévotion envers un père spirituel à qui ils doivent tout, ont consacré leur vie à rechercher sa réincarnation afin de faire revivre ses dons et pouvoirs extraordinaires. Je ne peux vous en dire plus pour l'instant, mais ces pouvoirs, vous les avez en vous, Alek. Il ne reste à ma sœur qu'à vous transmettre le savoir qu'elle a reçu de vous-même, et vous redeviendrez sous peu le Maître et devin que vous étiez dans votre incarnation passée.

— Rien que ça?

— Oui. En plus de mon invitation à réintégrer l'appartement qui est le vôtre.

— Eh bien, comme on dit, je vais réfléchir à votre proposition et je vous rappellerai…

75

— Il n'est pas question ici de choix, monsieur Salazar. Effectivement, vous n'avez pas choisi d'être la réincarnation de notre Maître, mais cependant les faits sont là et, avec ou sans votre accord, vous êtes cette réincarnation. Et vous n'y pouvez rien.

Alek finit son café, il avait soudain l'air fatigué, n'avait plus envie d'argumenter. Sur un geste d'Absalon Mendoza, les trois muets se levèrent de table. Toujours calme et souriant, il laissa quelques billets bien lisses sous son assiette.

— J'aurais aimé aussi vous raconter la véritable épopée que j'ai vécue en vous cherchant toutes ces années, il y aurait de quoi noircir les pages d'un livre. Mais il se fait tôt, il nous faut prendre la route avant le lever du soleil.

Ils sortirent du restaurant, priant Alek de passer devant, lui tenant la porte. Alek s'affala derrière son volant et mit tout de suite le contact. Les phares surprirent dans la nuit les trois casquettes se fendant d'une courbette ; une voix d'homme sortit des enceintes : « *avenues* ^*bip*^ *des secteurs Nord* ^*bip*^ *Nord-Est sont* ^*bip*^ *fermées...* » ; un à un, ils renfilèrent leur masque et regagnèrent la camionnette. Absalon Mendoza, une enveloppe brune à la main, lui fit signe d'ouvrir sa fenêtre. Las, Alek arrêta la radio et soupira un :

— Quoi encore ?

— Tout cela est bien brusque, nous en avons parfaitement conscience, ma sœur et moi. Et nous comprenons que votre situation actuelle n'est pas enviable. Aussi, voici qui devrait subvenir à vos besoins pendant quelques jours.

Il poussa l'enveloppe dans les mains d'Alek.

— Une dernière chose, monsieur Salazar : je vous déconseille fortement d'entrer dans votre logis durant les sept prochains jours ; il en va de votre santé : le produit désinfectant que nous avons utilisé est hautement nocif.

— QUOI ? Mais vous auriez pu m'avertir, espèce de...

— Vous m'en voyez désolé, Maître, mais c'était nécessaire.

S'ensuivit une rapide révérence et, d'un bond, il s'engouffra dans la camionnette qui démarra aussitôt en marche arrière. Il lui lança, entre les bruits du moteur :

— Mais souvenez-vous de vos paroles, Maître : le doute fait souffrir, la certitude tranquillise l'esprit.

Alek n'avait pas encore décacheté l'enveloppe que les feux rouges de la camionnette s'évaporaient dans l'épaisse brume de fin de nuit.

– 8 –

Si, à cette heure encore matinale, d'hypothétiques vaches décharnées s'étaient trouvées sur le bord de la route à regarder passer les voitures, elles auraient vu une machine bougeant à faible allure et fumant de tous ses orifices. Mais de vaches il n'y avait, pas plus que d'autres véhicules sur la route empruntée par Alek. Dans l'enveloppe, il avait trouvé une liasse de vingt billets de dix, une boîte d'allumettes et une cigarette. Cette découverte l'avait d'abord rendu perplexe : si ce taré en était rendu à lui offrir un logis et à lui faire ce type d'offrandes, il n'était pas près de s'en débarrasser. Mais très vite, un sourire s'était dessiné sur ses lèvres. Alek ne se considérait pas comme quelqu'un qu'on achète avec quelques billets et une cigarette, mais il commençait à entrevoir quelques bénéfices possibles à la situation. Avant de partir, il avait ouvert les fenêtres et le toit, enroulé une bouteille d'un chiffon pour y cacher le bout incandescent de la cigarette. Sur la boîte d'allumettes, en lettres d'or sur fond noir, était indiqué le numéro de téléphone du théâtre de Saturne. Il attendit d'emprunter une avenue peu fréquentée pour allumer la cigarette. Se sentant seul au monde, il regardait les ombres des immeubles grandir devant lui, il tirait de longues bouffées qu'il recrachait vers l'extérieur. Il roulait doucement, il profitait de l'instant quand, arrivé en haut d'une côte, de grands monstres d'acier encombrèrent soudain l'horizon. Si Alek avait

78

écouté la radio, il aurait su que la route qu'il empruntait était fermée à la circulation pour cause de répétition générale du défilé de la fête nationale. Mais il était trop tard pour faire demi-tour ou jeter la cigarette par la fenêtre. Une voiture de police et quelques panneaux lui barraient le chemin. Alek écrasa la cigarette sous son talon, l'enferma dans la bouteille et avança le plus lentement possible jusqu'au représentant de l'autorité qui lui faisait signe d'arrêter.

— Vous écoutez pas la radio? Saviez pas qu'elle est fermée, cette bretelle d'autoroute?

Alek trouvait que tous les flics se ressemblaient; celui-ci ne portait pas la casquette réglementaire, sa chemise sortait de son pantalon, mais il avait bel et bien une moustache et des lunettes fumées. Il semblait content qu'on le soulage enfin de sa solitude. Conscient de son haleine suspecte, Alek économisa ses mots:

— Non, désolé.

— Désolé qui?

— ... M'sieur l'agent.

Celui-ci se pencha vers l'intérieur de la voiture en inspirant à pleins poumons.

— Humm... Inspection du cendrier!

Il n'y avait là aucune cendre suspecte, mais tel un chien renifleur, il ne fut pas long à repérer la boîte d'allumettes et la bouteille opaque au milieu du capharnaüm régnant dans la voiture. La cigarette avait encore de beaux restes. Le policier regarda Alek d'un œil grave.

— Vous en avez d'autres comme ça?

— Non, monsieur l'agent, je vous jure.

Mais il lui fit tout de même ouvrir le coffre et le capot, vider sur l'asphalte le contenu de l'habitacle, tout en fumant tranquillement le reste de la cigarette.

— Ouvre-moi ce grand sac-là.

— C'est juste mes affaires sales.

— Justement, c'est ce qui m'intéresse : tes affaires sales. Déballe.

Alek ouvrit le sac et parut surpris. Il balança par terre des pulls en laine, des pantalons à côtes de velours, un manteau ; rien qui lui appartenait. Le mégot, fumé jusqu'au filtre, atterrit à ses pieds.

— Allez, remballe-moi tout ça. Maintenant, t'as le choix entre une amende et un flagrant délit de tabagisme inscrit à ton fichier, ou faire un don pour les orphelins des officiers morts en service.

Alek sortit discrètement deux billets de dix de l'enveloppe et les lui passa.

— C'est généreux de ta part. Et oublie pas de faire disparaître l'objet du délit.

Quelques minutes plus tard, les grues et camions avaient disparu de l'horizon, les deux voitures roulèrent au pas jusqu'à la rue suivante qu'Alek emprunta en accélérant. Il n'était même pas soulagé, juste dégoûté, écœuré par ce salaud qui en plus avait gardé la boîte d'allumettes. Il donna quelques coups de poing sur le volant pour se calmer. Il prit des rues, n'importe lesquelles, vers le nord, vers l'est, vers chez lui, se questionnant sur la signification de ce « chez lui » auquel il n'était plus guère rattaché que par un boulot débile dans une église délabrée et un appartement presque vide dont il était banni pour une semaine. Mais le soleil se levait et les coqs chantaient, le Café Central était donc ouvert.

Parce qu'il était fatigué, qu'il voulait oublier, qu'il était révolté par cette conspiration généralisée et ce racket institutionnalisé, mais aussi parce que ça lui plaisait de claquer son fric sans compter, qu'il voulait se souvenir pour raconter et qu'il espérait que ça l'aiderait à dormir, Alek but. Quand il s'endormit sur le comptoir, Silvio et un habitué le transportèrent dans la remise et l'allongèrent sur la couche du serveur. Il fut de nouveau malade, puis il dormit jusque tard dans l'après-midi.

De retour devant un café et un sandwich au poulet, Silvio lui conseilla de passer ses nuits à l'église :

— De toute façon, ronfler au boulot, c'est déjà ce que tu faisais, non ?

Alek ne répondit pas, il mâchait mollement pour épargner son mal de crâne.

— Et puis ce week-end, je t'invite chez moi. J'ai déjà dit à mon fils que tu seras là, il était fou de joie. Il arrête pas de parler de toi, t'es un dieu pour lui maintenant.

— Mais j'avais rien promis, moi.

— Et qu'est-ce que t'as de mieux à faire ? Regarde, j'allais prendre le train vendredi soir ; à la place, on fait le trajet avec ta bagnole tranquillement de nuit, je paie l'essence, samedi soir on ira aux combats et tu coucheras chez moi. Ça c'est du programme, mon ami. Loin de tout et loin d'ici.

Effectivement, ça ne manquait pas d'intérêt. Un verre de rhum célébra cette entente.

C'est enveloppé de vapeurs d'alcool qu'Alek vit défiler les secondes, les minutes, les heures, les jours et les nuits jusqu'au vendredi soir. Vautré sur le siège arrière de sa voiture, il dégrisait doucement. Garé dans un recoin ombragé d'une ruelle oubliée, il attendait Silvio. Au fur et à mesure que son sang se purifiait, la mémoire lui revenait, et avec elle l'impression grandissante qu'il vivait ses derniers instants dans ce quartier.

Il se rappela qu'il était passé à la bibliothèque pour se documenter sur le concept de réincarnation. Il n'était pas en état de remplir sa fiche, si bien que le préposé de service, qui ressemblait, cela l'avait choqué, à l'ancien serveur du Café Central, écrivit pour lui son nom et sa requête : *réincarnation.* Une fois qu'Alek l'eut signée, il lui déclara sans même aller se perdre dans son labyrinthe que tous les ouvrages sur ce sujet étaient empruntés.

— Tous ?

— Oui, nous n'en avons qu'un et il est parti hier. Il sera de retour dans trois semaines.

— Et on peut savoir le nom de l'em... trein... qui ?

— C'est un temple dédié à la Culture ici, monsieur, pas une agence de renseignements.

— Et dans une encyclé... co... pi... Un dictionnaire ?

Le fonctionnaire avait lâché un soupir monstrueux et était allé chercher un gros volume relié en cuir. Il avait fait défiler les pages entre ses doigts agiles et gantés de blanc puis avait lu la définition :

— *Réincarnation : substantif féminin.*

— ... C'est tout ?

— Oui. Il y a aussi le verbe *réincarner : verbe transitif, incarner de nouveau.*

— Il est pas très bavard, votre dico... et qu'est-ce qu'il dit pour incarnation ?

— C'est une autre recherche, il vous faut remplir une nouvelle fiche.

D'une main tremblante, Alek avait tracé les lettres et lui avait remis le bout de papier à moitié déchiré.

— *Incarnation : substantif féminin d'origine latine, acte par lequel la seconde personne de la Trinité a assumé la nature humaine.* Voilà.

— Vous vous foutez de moi ?

Le préposé avait refermé le dictionnaire d'un coup sec, ce qui avait fait voler quelques fiches sur son bureau et sursauter Alek.

— La Culture ne tolère pas qu'on l'insulte, monsieur. Je me vois contraint de vous demander d'évacuer les lieux et de n'y revenir qu'une fois présentable et digne du savoir que l'on met ici à votre disposition.

Une fois dehors, sur le trottoir, un homme vêtu d'un pardessus gris et coiffé d'un chapeau également gris avait interpellé Alek discrètement :

— Psst... Monsieur, si vous cherchez certains livres que le ministère de la Culture et de l'Éducation ne référence pas, suivez-moi, je peux vous aider...

Le moment était peut-être mal choisi, à moins que ce ne soient les mots, mais à peine avait-il fini sa phrase qu'Alek l'avait empoigné par le col et plaqué contre un mur.

— J'ai pas besoin de votre aide ! J'ai pas besoin qu'on m'aide. Qui vous envoie ? Bob ? Mendoza ? Vous l'appelez comment, vous ? HEIN ? COMMENT ?

Chapeau à terre et visage écarlate, l'homme au manteau avait répondu dans un souffle apeuré :

— Calmez-vous, voyons, vous délirez.

Alek avait lâché prise, l'autre avait ramassé son couvre-chef, l'avait épousseté vigoureusement en reculant de quelques pas. Quand la distance de sécurité lui avait paru suffisante, il avait regardé Alek comme on regarde un fou, sans pouvoir contenir un léger sourire, en crachant des mots dont on le pense incapable de saisir le sens. En y repensant, Alek se disait qu'il aurait peut-être dû le suivre, ce pauvre mec. Qu'il aurait pu apprendre quelque chose.

— À quoi bon ? se demandait-il, allongé à l'arrière de sa voiture.

Silvio était en retard. Alek regardait les nuages défiler à travers le toit ouvrant, et il réalisa qu'il ne verrait plus jamais les vitraux de l'église. Il y avait passé toutes les nuits et certains jours du début de la semaine. Pour passer le temps et se vider l'esprit, il s'était mis en tête de fabriquer une grande croix à taille humaine avec les restes d'un banc. Il avait poncé et retaillé les deux planches, il s'était appliqué avec un ciseau à bois à creuser des encoches qui leur permettaient de parfaitement s'emboîter, il les avait vernies. Ne restait plus qu'à trouver un Jésus à mettre dessus. Il était si fier de sa croix qu'il invita Silvio à l'église pour qu'il la voie. Il vint après la fermeture du café, avec quelques provisions liquides. Ils buvaient du rhum et grignotaient des hosties grillées à la flamme d'un cierge. Ils étaient d'humeur joyeuse. Après quatre verres, Silvio mit la croix sur ses épaules et défila dans les allées de l'église, faisant son propre petit chemin de peine, en chantant. Vers la fin de la bouteille, il se laissa convaincre facilement par Alek qui voulait lui nouer les poignets, le torse et les pieds à sa création, pour en tester la solidité. L'opération ne fut pas aisée, mais au bout de quelques minutes et plusieurs chutes, Silvio fut bel et bien crucifié tel Jésus dans ses derniers moments sur Terre. Hilare, il promit tous les malheurs du monde à Alek qui refusait de le détacher et qui imitait bien, dans son souvenir, la danse sioux de la victoire. Ils ne virent ni n'entendirent le père Vlad arriver. La colère du prêtre fut telle qu'il en perdit son accent. Mais Alek devait reconnaître que, sur ce point, ses souvenirs étaient confus.

Il était (voix de femme) : « *BIP Vingt heures bip cinq minutes bip heure de l'Ouest* » et Silvio n'était toujours pas là. Alek réalisa qu'Absalon non plus ne s'était pas manifesté depuis la discussion au restaurant. Alek n'était pas déçu, mais il était venu à bout de son argent, et depuis ce matin il n'avait plus d'appartement...

Car il était retourné chez lui avant le chant des coqs, il avait essayé en tout cas. Il aurait voulu prendre une douche. Dans le hall d'entrée, un gamin l'avait interpellé :

— Monsieur Salazar, ne montez pas chez vous.

C'était Léolo, le fils d'une voisine de son étage, l'étrangleur de chat. Il portait un uniforme d'écolier fripé et les marques du grillage de l'ascenseur tatouées sur la joue gauche. À voix basse, il lui avait expliqué que des voisins s'étaient plaints de l'odeur infecte émanant de son appartement. Madame Suarez en avait eu des nausées; Fifi, le canari de monsieur Fontanello, était mort. Sans nouvelles de sa part et craignant le pire, c'était madame Who qui avait persuadé le concierge de forcer la serrure. Le gamin les avait vus entrer avec un chiffon sur la bouche et le nez, puis ressortir une minute plus tard en titubant et se plaignant de vertiges. Le concierge avait ensuite calfeutré la porte avec une grande bâche plastifiée et les services sanitaires ne devaient pas tarder. Alek lui donna une pièce brillante.

— Merci, Léolo.

Le gamin avait eu l'air un peu déçu:

— Mon nom, c'est Max.

— D'accord, et qu'est-ce qu'ils ont vu chez moi, Max?

— Je sais pas.

Une nouvelle pièce lui rendit la mémoire.

— Ils ont rien vu de spécial, c'était juste vide et propre. Ils ont dit que ça devait être un poison… C'est vrai, m'sieur, que vous êtes fou et que vous voulez nous empoisonner?

— Mais non, voyons, c'est juste pour désinfecter. C'est madame Who qui a dit ça?

— Oui.

— Faut pas faire attention à cette folle. Regarde, tu crois que j'ai l'air d'un fou?

Il s'était concentré pour arborer son sourire le plus rassurant.

— Je sais pas, moi, j'en ai jamais vu des fous.

Alek lui avait lancé un clin d'œil complice et avait sorti un petit billet de sa poche:

— Et tu ne m'as pas vu, hein!

Tout sourire, le gamin s'était servi des deux pièces comme de monocles opaques :

— Regardez, vous voyez bien que je peux rien voir, m'sieur.

La mécanique de l'ascenseur s'était mise en branle, le sol avait tremblé et Alek était parti comme un voleur, le col de sa veste remonté, en rasant les murs et en lançant des regards inquiets derrière lui. Devant aussi.

Depuis, il était garé dans cette ruelle et il avait hâte de quitter le quartier. Plus rien, non, plus rien ne le retenait ici.

Quand Silvio arriva enfin, il sauta sur le siège avant et démarra sans attendre.

– 9 –

— Tu sais, je suis persuadé que tout s'équilibre, que le poids des bons moments est balancé par celui des mauvais, alors plus le plaisir est grand, plus la poisse sera lourde.

Alek conduisait, les phares de la voiture ouvraient la route, les palmiers apparaissaient un bref moment puis disparaissaient, Silvio l'écoutait en silence, allongé sur la banquette arrière.

— C'est peut-être pour ça que je me contente de bonheurs éphémères, histoire de ne pas avoir à payer une addition trop salée. Mon boulot à l'église était neutre : tout ce que je faisais était voué à disparaître, c'était parfait. Par contre, les plantes vivaient trop longtemps, j'aurais dû me contenter de fleurs coupées. Et le chat, je l'aimais sûrement un peu trop, et résultat, il est mort.

— Eh bien, c'est gai. J'espère que tu ne m'apprécies pas trop, mon ami, autrement je ne risque pas d'arriver chez moi vivant.

— Hum... Mais la plus grosse difficulté de l'opération consiste à savoir si le négatif présent vient balancer du positif passé ou à venir...

Quelques lampadaires remplacèrent les palmiers, Alek jeta un œil dans le rétroviseur. Silvio nettoyait consciencieusement le masque du Vampiro avec un maillot blanc humecté de rhum. Il en but une gorgée à la bouteille et releva la tête pour rencontrer les yeux d'Alek :

— Tu me fais penser au filleul de ma femme qui a un œil de verre. Luc, il s'appelle. Un jour sans prévenir, ce con a fait une liste exhaustive détaillant chacun des ingrédients qu'il utilisait normalement pour six mois. Mais au lieu de les cuisiner comme il se doit, il s'est mis à les bouffer les uns après les autres, sans les mélanger : des pommes de terre à tous les repas jusqu'à ce qu'il passe au travers de vingt-cinq kilos, ensuite quinze kilos de viande, puis une centaine d'œufs, et après trente oignons, cinquante litres de bière, autant de café. Mais ça, c'étaient les bons moments, car il y avait aussi les condiments : deux pots de moutarde, les piments, le poivre. Le pire, ce fut le sel : sept cent cinquante grammes à la petite cuillère, mélangés à de l'eau froide ou chaude. Il a fini à l'hôpital. Il avait perdu quinze kilos. Ma femme et ses sœurs disent qu'il faisait une pénitence. Moi, je dis qu'il est juste débile et que ton raisonnement ressemble au sien, mon ami. Dans la vraie vie, tout se mélange continuellement, le bon, le moins bon, le mauvais, le très mauvais... Et puis, qu'est-ce qui est bon ? Bon pour toi ? Bon pour moi ? (Il but une autre gorgée de rhum et passa la bouteille à Alek.) Arrête de te tracasser et profite du présent. Regarde, moi je me sens comme en vacances.

Il se releva à moitié et posa brutalement une main sur l'épaule droite du conducteur qui était aussi occupé à maintenir le goulot près de ses lèvres. Plusieurs gouttes d'alcool aspergèrent son pantalon.

— Arrête-toi là, on va prendre un café.

Alek se gara derrière un ancien bus jaune d'écoliers. Les lettres noires sur son flanc disaient : *Théo Café*. Il lui manquait les pneus, une bâche bleue tendue entre l'avant et un lampadaire éteint recouvrait un petit étal : un banc branlant, une table nappée d'une toile cirée garnie de fleurs fanées, deux gamelles noircies posées sur un réchaud à gaz, une de café, l'autre de lait. Quand une voiture passait en trombe sur la route, la bâche claquait au vent ; les camions faisaient aussi vaciller la flamme du gaz. Quand les bruits de moteur s'évanouissaient, les sons grésillants de la radio prenaient le relais. Tout semblait installé là depuis au moins une éternité. Silvio connaissait le marchand, un petit vieux édenté qui tenait son commerce ouvert sans interruption. La pénombre elle-même n'arrivait pas à cacher la crasse de son tablier. Il versa d'abord une louche de lait dans deux verres, ensuite une autre de café, noir et épais, qui dessina de belles arabesques dans le blanc immaculé. Silvio rajouta une rasade de rhum dans chaque verre.

— T'as pas chaud avec cette chemise en laine et ce pantalon en velours ?

Le bas de leur visage était teinté de bleu, le haut faiblement éclairé par un néon constellé de cadavres cramés de moucherons et moustiques.

— Si, mais j'ai rien d'autre à me mettre.

— Tu me rappelles l'hiver.

Alek n'avait pas envie de lui dire d'où provenaient ces vêtements deux fois trop grands pour lui. Il regardait pensivement le verre de café. Il comptait sur la chaleur de son corps pour évaporer les gouttes de sueur qui dégoulinaient le long de sa colonne vertébrale. Silvio fit un signe de la tête à Théo qui lui répondit tout aussi silencieusement en lançant un coup de menton vers le bus.

— Viens. On va soigner notre misère.

Alek suivit Silvio dans le bus sans broncher ni demander le prix. Il ressortit trente et une minutes plus tard, un large sourire aux lèvres. Silvio l'attendait devant un verre de rhum et le néon rendait ses dents étincelantes. Il l'accueillit avec une virile accolade.

— Eh bien, voilà donc ce qu'il te fallait, mon ami! Théo, un café, s'il te plaît. Qu'est-ce que tu lui as mis! Le bus en tremblait. Elle va mettre au moins deux jours à s'en remettre, la pauvrette.

Alek rougit légèrement, mais son sourire béat ne l'avait pas quitté. Théo lui versa un café et déclara:

— Paraît qu'il va y avoir des éléphants cette année au défilé.

— Merci.

Alek conduisait. Silvio à son côté enrobait une bouteille vide d'une écharpe noire.

— De rien. À voir ta tête, c'est de l'argent bien investi. C'est mon père qui m'a amené ici la première fois. J'avais seize ans et il voulait me faire dépuceler... Ha ha, le pauvre! Ça faisait des lunes que je baisais, mais j'ai fermé ma gueule, trop content que le vieux me paie une pute. Lui aussi, il y allait. C'était devenu un secret entre nous, la base de notre relation. À l'époque, c'étaient les filles de Théo, Linda et Franca, qui recevaient les habitués dans le bus. Maintenant, ce sont leurs filles. Une affaire de famille. D'ailleurs, c'est ici que j'amènerai mon fils quand il sera en âge de bander... Prends à droite, on va récupérer l'autoroute.

Ils se retrouvèrent sur une route déserte à quatre voies, uniquement éclairée par un petit quartier de lune que des nuages s'évertuaient à cacher. Le sud devant eux, la montagne au loin. Sans explication, Silvio baissa toutes les vitres et ouvrit le toit. Une fois revenu en place, il présenta son poing fermé devant Alek:

— Quelle est LA chose qui te ferait le plus envie, là, tout de suite?

— ... Une cigarette!

Silvio ouvrit sa main et, comme par magie, apparut une véritable cigarette, avec un filtre jaune et du tabac blond. Il se pencha pour l'allumer et enfouit tout de suite le bout incandescent dans le goulot de la bouteille enturbannée. Il tira deux longues bouffées en gardant la fumée au fond de ses poumons et passa la bouteille à Alek. Il lui tint le volant pour qu'il puisse fumer en paix. Alek jubilait. Il s'étouffa avec la première dose de tabac.

— J'ai une affaire à te proposer. Il y a un bon paquet de fric à se faire...

Alek fumait et n'allait certainement pas gaspiller son souffle pour parler.

— C'est ce qu'on appelle un abattoir. Je t'explique, c'est simple : un entraîneur mise sur un lutteur, il l'entraîne pendant des années, il lui apprend tout ce qu'il sait, et malgré ça le gamin il est nul, un tocard, pas capable de gagner un seul match. Bref, tout son investissement est perdu, mais il veut quand même récupérer une partie de sa mise, c'est normal. Alors : à l'abattoir ! Passe-moi la clope (il tira deux rapides bouffées et la rendit à Alek)... Donc, l'entraîneur en question, il va voir quelques *bookmakers* de ses connaissances, et il leur propose un combat truqué où son poulain perdra. Quand les probabilités de gagner sont élevées, on trouve toujours des personnes intéressées par ce genre de combine. Mais le problème, c'est de réussir à faire parier gros sur le perdant. Et pour cela, il faut de quoi mettre le feu aux poudres. Le feu c'est moi, et la poudre, c'est toi.

Alek rendit la bouteille à Silvio.

— Putain, tu fais chier, c'est quoi ce plan foireux ?

— Très simple : grâce à la photo dans le journal, il y a une rumeur qui grandit...

— Une rumeur ?!

— Oui, qu'El Vampiro del Norte entraîne en cachette depuis des mois un futur grand lutteur. Et que ce soir il lâche pour la première fois son poulain dans l'arène. Et il paraîtrait même qu'il portera le fameux masque de son mentor.

— T'aurais peut-être pu me mettre au courant avant de m'impliquer dans ce coup merdique.

— Et je fais quoi là ?

— C'est ce soir et ça fait des jours que tu manigances derrière mon dos.

— Fallait que je sois certain que tu viennes... et que tu sois d'accord.

— Hey ! Je ne suis pas un pantin dans un parc d'attraction !

Silvio lui mit sous le nez le reste de la cigarette.

— C'est quoi ton problème avec les gens qui veulent t'aider ? Je vais te faire gagner du fric sans rien faire, mon frère !

Alek lui repassa l'attirail du fumeur pour qu'il s'en débarrasse. Silvio fit brûler le filtre dans la bouteille, une main sur le goulot pour en contenir la fumée, puis renversa les cendres par la fenêtre, versa une coulée de rhum dedans, la secoua dans tous les sens et lança une allumette en flammes à l'intérieur, ce qui produisit un petit *pop* bleuté. Alek gardait le silence, on aurait pu croire qu'il se concentrait sur la route. Silvio renifla le goulot l'air satisfait et but une gorgée de rhum.

— Tiens, rince-toi la bouche.

— ... Et qu'est-ce que je suis censé faire ?

— Rien. T'es juste avec moi dans le public, on assiste aux combats, on boit, on en profite, tout va bien. Quand certains t'auront reconnu, comme le petit jeune il est donné perdant à vingt-deux contre un, ils vont flairer le coup du siècle et parier gros, en essayant de ne pas ébruiter l'affaire, histoire de ne pas faire baisser sa cote. Crois-moi, ce sont les secrets qui s'ébruitent le plus vite. Les paris sur le petit vont grimper, mais voilà, ce nul va perdre, évidemment. Résultat : quarante pour cent pour les *bookmakers*, quarante pour cent pour

l'entraîneur, vingt pour cent pour nous, dix chacun.
C'est le tarif pour un abattoir.

— Hum… Faut voir. Qu'est-ce qu'on risque ?

— Rien du tout, un peu d'honneur perdu, c'est tout. Un plan sûr, je te le dis. D'ailleurs, même mon gamin sera là, une véritable sortie familiale. Ah ! Il va être content de te voir, mon fils. Ton cadeau, il ne le quitte plus. Ça en devient même chiant : quand sa mère essaie de le lui enlever, il se met à chialer et c'est pas beau à voir quand il pleure derrière son masque.

Le souffle d'Alek alla embuer le pare-brise, son pied enfonça l'accélérateur.

— O.K., ça marche.

Et ils se donnèrent une vigoureuse poignée de mains.

— ¡UBRE! J'en étais sûr. C'est ce que je disais à mon cousin, il vient de perdre cinq billets, ce con… Tourne à gauche, c'est un raccourci vers chez moi. Tu pourras prendre une douche plus rapidement, car je dois dire que ça commence à puer dans cette caisse.

– 10 –

Il s'appelait José Roberto Pupo Trompeta, mais pour tout le monde il était : Popo. Il avait l'air d'un nourrisson élevé aux hormones et les yeux d'un gamin oublié par sa mère dans un parking souterrain. Le ring ne semblait pas être son habitat naturel. Son short s'immisçait dans la fente de ses fesses, il portait ses muscles comme des valises encombrantes, il avait le cheveu fin et rare. Son entraîneur, connu dans le milieu sous le pseudonyme de Mister Winter, lui gueulait dessus avec un mégaphone :

— BOUGE-TOI LE CUL, FAINÉANT.

Popo n'était pas sourd, mais Mister Winter ne daignait pas se casser la voix pour, selon ses mots, « une merde molle de son espèce ». Alek, propre, frais et vêtu d'un tee-shirt rouge trop grand pour lui, le regardait avec pitié. Le fils de Silvio à ses côtés lui fit part de son point de vue :

— Il est mou. Il est lent. Sûrement pas très intelligent. Une vraie gueule de perdant.

— Tu crois que le Dios Renegado pourrait le battre ?

— Bientôt. Il lui manque juste quelques kilos.

Silvio fit les présentations : bien sûr que Mister Winter avait entendu parler du Vampiro del Norte. Il n'avait jamais eu l'honneur de le rencontrer auparavant, mais il était enchanté de faire sa connaissance.

— C'était encore une saison où les lutteurs avaient quelque chose dans les tripes et la cervelle. Désolé de vous pervertir la vue avec un spectacle aussi désolant que ce bon à moins que rien.

Silvio se voulut rassurant :

— Parfait, faudrait pas qu'il se mette en tête de gagner.

— Aucun risque : perdre, il ne sait faire que ça.

Puis reprenant son mégaphone :

— ALLEZ, TAFIOLE, nous regarde pas comme un demeuré. Au plancher et cinquante pompes, sans arrêter.

Il baissa le mégaphone et avec un haussement d'épaules, il expliqua :

— Il n'y a que comme ça qu'il comprend, et encore...

Silvio et l'entraîneur avaient des détails à régler pour le soir. Alek, accompagné du Dios Renegado, en profita pour faire le tour de la salle d'entraînement. Sur un mur, de vieilles lettres vermeilles et délavées rappelaient l'usage original de cet endroit froid et dénué d'humanité : *Abattoir n° 5*.

Quelques heures plus tard, dans une salle à l'ambiance survoltée, les haut-parleurs hurlaient : «YOUR OWN PERSONAL JESUS». À travers les fumigènes apparut un lutteur au masque couleur d'acier huilé, avec des canines interminables et une moustache ensanglantée. Une fine crinière blonde dansait derrière lui, se balançant sur une cape ornée d'une énorme feuille d'érable blafarde baignant dans une mare de sang. De sa main gauche, il faisait tournoyer une hache (en bois mais parfaitement imitée) comme un bâton de majorette et son bras droit fendait l'air en tentant de suivre le rythme de la musique : «REACH OUT AND TOUCH FAITH». Ils avaient fait un bon boulot : Popo était méconnaissable, transformé en Vampiro 2. Silvio s'était débrouillé pour que le combat soit programmé en dernier, au moment le plus chaud de la soirée, quand les spectateurs ne sont plus très clairs et comptent approximativement leur argent. Popo descendit les escaliers d'un pas décidé, presque fier. Il fut le seul à savoir qu'il rougit quand les filles, toutes plus belles les unes que les autres et portant très bien le string et le tee-shirt court, frôlèrent diverses parties de son corps. Il eut un début d'érection, mais la vue de son adversaire le calma instantanément. Dr Sadik l'attendait sur le ring, calme et sûr de lui, les poings serrés et les muscles bandés, arborant la ceinture de champion de sa catégorie. Depuis le début de la soirée, Alek avait l'impression que tous les regards de la salle convergeaient vers lui. Ses mains étaient moites et il respirait avec difficulté. Il se sentait comme un imposteur juste avant le flagrant délit. Il eut du mal à profiter des matchs et crut voir certains spectateurs faire une légère révérence en passant devant lui. Silvio veillait à ce que son verre fût toujours rempli. Placide et El Dios Renegado l'entouraient.

Deux rounds, pas un de plus, et El Vampiro 2 se retrouva au sol, emprisonné dans une clef étouffante, frappant frénétiquement le sol à l'aide des seuls trois doigts de la main gauche qu'il lui restait de libres. Il demeura à terre pendant que l'arbitre levait en l'air les bras de Dr Sadik. Popo fut démasqué et tondu, sous les huées du public mécontent. Il ne fit aucun effort pour retenir ses larmes et fut le seul de son équipe à assister à ce moment pénible : Mister Winter, Silvio, Placide, El Dios Renegado et Alek avaient déjà rejoint les vestiaires.

Ils trinquaient à la réussite de leur bon coup ¡UBRE! ¡UBRE! ¡UBRE! ¡Ubre! ¡Ubre? et remarquèrent à peine Popo quand il passa la porte. Il n'avait plus de cheveux, son nez était en sang, sa cape déchirée. Il alla s'asseoir sur un banc dans un coin. Mister Winter lui lança une bouteille d'eau :

— Bravo, Popo ! Pour une fois t'as été à la hauteur de ce qu'on attendait de toi : minable. Te décourage pas : encore un effort et t'auras remboursé les douleurs de ta mère quand elle a eu le malheur de te mettre au monde.

Tout le monde but une gorgée, Silvio brisa le silence :

— Et le masque ? Qu'est-ce que t'as fait du masque, pauvre cloche ?

Dans sa fuite honteuse, il l'avait oublié sur le ring. Cinq bras tendus lui désignèrent le chemin à suivre pour aller le récupérer, sur-le-champ, sans tarder. La combine avait fonctionné à la perfection. Paris fructueux et gains juteux, Alek se retrouvait l'heureux propriétaire d'une liasse de deux cents billets usés. Personne ne s'était plaint d'une quelconque machination.

— Un vrai miracle. Car je peux vous le dire maintenant, en plus il porte la poisse, ce déchet.

Popo avait retrouvé le masque, Silvio le lui arracha des mains :

— Enfin ! Tu sais combien ça vaut ça ? Te fatigue pas, tu sais certainement pas compter jusque-là.

Alek fut le seul à le prendre quelque peu en pitié. Discrètement, il lui refila quatre billets chiffonnés pour le remercier de son aide et racheter sa mauvaise conscience. Il eut droit en retour à un regard sans vie et quelques mots sourds :

— C'est pas l'argent qui fait le bonheur.

Puis Popo se moucha dans le papier-monnaie et resta prostré pendant le reste de la soirée. Les autres l'oublièrent un moment tout en continuant à boire, puis s'amusèrent à l'asperger de bière. Placide voulait lui pisser dessus, mais Silvio et Mister Winter l'en empêchèrent : les vestiaires étaient assez sales comme ça et le costume pouvait encore servir. Quand les bouteilles furent vides, les voix se fatiguèrent et les paroles se firent rares. Mister Winter avait promis à la mère de Popo de le ramener chez elle à une heure décente, il ajouta qu'il aurait ainsi toute la nuit pour se la taper :

— On le devinerait pas à voir sa gueule d'attardé, mais elle a de beaux restes, sa vieille !

Placide avait trouvé *in extremis* un emploi de conducteur d'engins pour le défilé de la fête nationale et il devait se lever tôt le lendemain pour son premier entraînement. Il remplaçait un de ses voisins, rendu indisponible par ses soins, comme il le leur avait conté en détail plus tôt dans la soirée. Silvio réveilla son fils et ils se mirent tous en route en imitant des gueules de perdants : sourires ravalés et mines en berne.

Ils dévalèrent ensemble les ruelles étroites et les escaliers pentus accrochés à la montagne, puis chacun prit le chemin qui était le sien pour sortir de ce sombre et tortueux labyrinthe. Silvio, Alek et El Dios Renegado marchaient lentement, au rythme des pas du gamin qui avait catégoriquement refusé que son père le porte. On entendait leurs trois souffles dans la nuit, ils avaient hâte de trouver un lit. Silvio entraîna Alek quelques mètres devant son fils, en lui prenant le bras :

— Alek, mon ami, je crois qu'il vaudrait mieux que tu ne dormes pas chez moi ce soir.

Le regard étonné d'Alek ne put transpercer la noirceur de la nuit.

— Ma femme, ce matin, elle a tout de suite senti l'odeur d'une autre sur ma peau et mes habits. Je sais pas d'où elles tiennent un tel odorat, mais elle m'a attaqué comme une chienne. Tu prenais ta douche à ce moment-là et je n'ai pas voulu t'en parler pour ne pas gâcher cette belle journée... Mais pour ne pas envenimer la situation, je pense qu'il vaudrait mieux que je rentre seul avec le petit. Tu comprends ? Qu'Alek comprenne ou pas, le résultat était le même : il se retrouvait sans logis en plein milieu de la nuit.

— Je connais une petite pension dans le coin. C'est pas le luxe, mais ils ont des tarifs à l'heure vraiment pas chers... Mais bon, de toute façon, avec tout le fric que je t'ai fait gagner ce soir... Tiens, je t'ai noté l'adresse sur ce bout de papier.

Alek garda les poings serrés dans ses poches et, cherchant les yeux fuyants de Silvio, il lui lança sur un ton peu diplomatique :

— Pas la peine. Laisse tomber, je vais me débrouiller tout seul.

Et il allongea le pas, prit la première à gauche, s'en remettant à son instinct et à son sens de l'orientation pour retrouver sa voiture. De loin, il entendit le gamin demander à son père : « Il va où, le Vampiro ? » « Chez lui. »

Rien ne ressemble plus à une masure délabrée qu'une autre masure délabrée, et une ruelle sombre à une autre tout aussi obscure. Alek tourna, retourna, revint sur ses pas puis s'arrêta pour faire le point. Assis sur le rebord d'un trottoir, il leva les yeux vers la carte des étoiles, mais les nuages l'empêchaient de discerner l'est de l'ouest et le nord du sud. Il ne lui restait plus qu'à s'en remettre au hasard. Il se relevait pour continuer son chemin, quand deux ombres apparurent au coin de la rue. Un mauvais pressentiment l'envahit avant même de voir que les deux hommes étaient cagoulés. Sans qu'il eût besoin de réfléchir, ses jambes se mirent à courir. Droit devant, à droite, à gauche. Il entendait les pas précipités se rapprocher, il prit de nouveau à droite et se retrouva dans un cul-de-sac. Prisonnier. Il

99

chercha une pierre, un bâton, une barre de fer pour se défendre, mais déjà ses deux assaillants étaient sur lui. Il se retrouva à terre, bras et jambes immobilisés, une main sur sa bouche. Ils portaient des masques de Lucha rouges et leurs yeux étaient noirs. Il sentit des mains fouiller ses poches et le délester de sa liasse de billets, puis plus rien. Le noir pendant ce qu'il crut n'être qu'un instant. Il entendit des coqs chanter, il ouvrit les yeux et découvrit que la Terre avait profité de cet intervalle pour continuer sa course folle jusqu'à l'aurore. Il ne lui restait plus que les clefs de sa voiture. Il demanda sa route à un balayeur qui lui donna des conseils imprécis jusqu'à un temple en ruine.

— Arrivé là, demande à quelqu'un de t'expliquer le chemin vers le pont, ensuite, c'est tout droit.

Un marchand de lait lui indiqua d'un geste approximatif la direction de ce pont enjambant une ancienne rivière où les déchets remplaçaient les flots et les rats, les poissons. Alek le trouva à l'odeur. Dix minutes plus tard, il avait regagné l'avenue où était garée sa voiture. Il la vit de loin, posée sur des parpaings, les quatre pneus en moins.

– 11 –

(Voix d'homme) : « *bip En prévision du bip défilé de la Fête bip nationale, nous bip rappelons que les bip balcons et terrasses bip côté rue doivent bip être dégagés de bip tout objet. BIP Huit heures bip vingt-deux minutes bip heure de l'Est.* » La ville s'éveillait, l'avenue s'animait, Alek était incapable de dormir. Il éteignit rageusement le poste de radio et se rallongea sur la banquette arrière. Il était courbaturé, son tee-shirt était déchiré, il avait mal au crâne. Les yeux fermés et se massant les tempes, il pensait qu'une fois encore son principe s'était vérifié : il avait gagné gros, il avait perdu autant, les pneus devaient représenter les intérêts. Il se demandait comment il allait sortir de ce pétrin, sans roues et sans le sou, à des heures de route d'un domicile dont il était banni. Le visage joufflu de Silvio apparut derrière ses paupières. Alek lui en voulait. Rien de cela ne serait arrivé s'il ne l'avait pas abandonné comme un chien dans les rues mal famées de la montagne, rien de cela ne serait arrivé s'il ne l'avait pas entraîné dans cette combine. Quand il vit des flammes commencer à lécher les moustaches de Silvio, il envoya un violent coup de poing contre le plafond de la voiture pour effacer cette image de sa tête. Silvio fut instantanément remplacé par l'éternel sourire mielleux d'Absalon Mendoza. Finalement, tout bien considéré, Alek accepterait avec plaisir le logement gratuit que lui avait offert cet illuminé. Mais il réalisa aussi vite qu'il n'avait pour le contacter que le numéro de la cabine près de son ancien appartement.

— Alors, Maître, j'apprends que vous vous êtes enfin décidé à accepter votre identité.

Alek ouvrit les yeux, puis les referma, éberlué. L'image de l'autre côté du pare-brise était identique à celle derrière ses paupières, le sourire en moins.

— Comment… quoi? Que faites-vous ici?

— J'aurais préféré que vous n'utilisiez pas la renommée du Vampiro del Norte pour le simple bénéfice d'une sombre affaire de combat truqué, mais n'en parlons plus. Le mal est fait et maintenant ils sont à votre recherche. Alors ne perdons pas de temps.

Il fit un signe de sa main gantée et une camionnette approcha en marche arrière. Deux hommes en sortirent. Ce n'étaient pas les mêmes que la dernière fois, ceux-ci étaient plus petits et avaient l'air plus éveillés, ils portaient une casquette rouge pour l'un, blanche pour l'autre, baissées jusqu'aux yeux. Ils avaient déjà deux pneus en main et les fixaient à l'aide d'une visseuse à pression, aux essieux arrière de la voiture d'Alek. Un travail d'équipe, rapide et efficace, rythmé de *zzzziiipp* nets et stridents.

Alek rejoignit Absalon Mendoza sur le trottoir.

— Qui ça? Comment ça, à ma recherche?

— Un groupe de parieurs mal intentionnés qui vous tiennent responsable de cette entourloupe.

Alek resta bouche bée.

— C'est le lutteur qui vous a dénoncé.

— Quelle enflure, cette lavette! Et Silvio?

— Il paraît qu'il n'a pas été inquiété, et à mon avis, ce n'est pas un hasard.

— Mais qu'est-ce que vous insinuez, et qui êtes-vous pour savoir tout ça? Et comment saviez-vous que j'étais ici?

— Alek, faites-moi confiance, lorsqu'on a su trouver une personne inconnue, il devient relativement aisé de dénicher quelqu'un dont on connaît l'identité et les caractéristiques.

L'avant de la voiture reposait déjà sur une solide petite remorque à deux roues. Absalon Mendoza poussa Alek sur le siège arrière de la camionnette :

— Vite. Montez. Démarrons !

— *Oye !* Un instant. On va où là ?

— Chez moi, chez vous, vous y serez en sécurité et bientôt vous rencontrerez Azéma, ma sœur. Elle répondra à vos questions bien mieux que moi.

Ils ne roulèrent pas longtemps, mais le décor des environs se métamorphosa. Ils tournèrent dans une large rue ombragée, bordée d'araucarias. Un grand portail de fer forgé s'ouvrit devant la camionnette qui n'eut pas besoin de freiner. Ils se trouvaient dans une cour assez vaste pour accueillir les deux véhicules, bordant une impressionnante et austère maison de briques rouges. Alek vit les hautes portes du portail se refermer derrière lui et compta une dizaine d'hommes à casquette autour des véhicules.

— Finalement, Absalon, je ne vais pas rester ici, donnez-moi plutôt de l'argent, je vais chercher des roues.

— Et où iriez-vous, Alek ? Bien plus que des roues, c'est de vous faire oublier dont vous avez besoin. Un appartement, votre appartement, vous attend ici.

Un homme à casquette bleue lui ouvrit la porte d'entrée vitrée, trois autres s'inclinèrent sur son passage, Absalon Mendoza avait les larmes aux yeux en lui déclarant :

— Quel plaisir de vous voir de retour à la maison, Maître.

Le hall d'entrée croulait sous les objets les plus divers : lampes, cartons, caisses et malles empilés jusqu'au plafond, des étagères emplies de pots en terre, de flacons, de bouteilles vides, des lunettes d'aviateur, une carapace de tortue, des bustes en plâtre d'illustres inconnus. Alek suivit Absalon Mendoza qui gravissait les marches d'un imposant escalier de pierre menant au premier étage. Ses murs étaient encombrés de peintures de paysages, de portraits, de cadres sans toile, de vieilles photos sépia sous verre, de masques en bois de tribus depuis longtemps disparues.

— Vos appartements sont ici, au premier. Mais vous dites deuxième étage à l'ouest, n'est-ce pas ?

Alek était stupéfait par cet immense foutoir. Dans le couloir qui se déroulait devant eux, un mince chemin se frayait un passage au milieu de mannequins en plastique, de dizaines de téléphones empilés, de couches de miroirs superposés, de machines à coudre, à écrire, de poupées, de poupées cassées, de bateaux en bois, à voile déchirée, laissant juste un espace pour accéder aux portes. Le couloir bifurqua à droite, puis tout de suite à gauche, ils grimpèrent quatre marches et prirent un autre couloir qui s'enfonçait vers la droite. Des maquettes d'avions pendaient du plafond, des étagères branlantes supportaient tout un attirail sportif, des ballons dégonflés, des haltères, des quilles de jonglage, un gant de baseball, un panier de basket, des gourdes en peau, en cuir, en fer.

— Dites-moi, Absalon, simple curiosité : d'où vient tout ce bordel ? Vous récupérez les invendus des antiquaires de la ville ?

— Ah… Les années passent, on amasse et on ne jette rien, les gens vont et viennent, on récupère, on entrepose, en se disant que ça pourra servir pour le théâtre. Et c'est vrai, mais pas tout, non, tant s'en faut.

Absalon s'arrêta devant la troisième porte.

— Nous y voici.

Un sentiment d'espace et de plénitude. C'est ce que ressentit Alek en entrant dans cette grande pièce étonnamment dépouillée en comparaison du reste de la maison.

— Comme vous le voyez, tout a été conservé intact. Rien n'a été changé, à part quelques ampoules peut-être.

Il lui fit visiter le salon :

— Avec ici votre bureau.

La chambre :

— Les draps sont bien sûr fraîchement lavés.

Et la salle d'eau :

— Avec serviettes et nécessaire de toilette. Aussi, vous trouverez des vêtements propres dans la penderie.

— Mes affaires, au fait ! Qu'en avez-vous fait ?

— I-rré-cu-pé-rables, même après cinq lavages... mais nous avons des vêtements à votre disposition, ne vous en faites pas... Alors ?

— Alors quoi ?

— Ne ressentez-vous rien ? Cet appartement, ces meubles, cela ne provoque aucun souvenir en vous ?

Alek traversa le salon d'un rapide regard.

— Non.

— Cela viendra, ne vous en faites pas, soyez patient. Mais vous devez être bien fatigué, alors je vous laisse vous reposer et vous rafraîchir. Tenez, voici vos clefs.

Il tenait du bout de ses doigts gantés un trousseau attaché à un dé :

— La blanche pour l'appartement, la carrée pour la porte d'entrée et la triangulaire pour le portail. Mais je ne saurais vous conseiller de sortir dans les jours à venir. Comme vous le disiez si bien : laissez donc le temps faire son œuvre. À votre service, Maître.

Et il ferma la porte derrière lui, sans omettre une courtoise révérence.

Une fois seul, dans le silence et l'espace, Alek se sentit étonnamment léger, tout à fait à son aise dans ce nouvel environnement. Il fit le tour des pièces, caressant du bout des doigts le cuir des reliures dans la bibliothèque, allumant et éteignant les lampes sur son passage, s'asseyant dans les deux fauteuils, au bureau. Il se demanda à quoi servait ce tuyau, juste à côté du bureau, qui pendait du plafond et sous lequel était placé un panier en osier. L'appartement donnait sur une large rue ombragée d'arbres centenaires, de beaux spécimens d'araucarias en pleine santé dont les racines fissuraient le trottoir. Le lit était assez ferme mais il grinçait, et ce fut bien le seul inconvénient qu'Alek put trouver à ce logement. Les draps sentaient bon, de l'eau chaude coulait des robinets. Il prit une douche, s'essuya avec la serviette la plus douce que sa peau ait jamais connue, puis se mit au lit. La vague inquiétude qu'il avait eue en arrivant dans la cour de cette grande maison s'était dissipée. Qu'avait-il à craindre après tout ? Il avait les clefs, et depuis la fenêtre de sa chambre, en un bond, il pouvait facilement atteindre les branches épineuses de l'arbre le plus proche et se laisser glisser jusqu'en bas. Il ne savait pas trop dans quoi il s'était embarqué et gardait tous ses sens aux aguets, mais se découvrant un goût pour l'aventure, il était bien résolu à profiter de la situation. Il s'enfouit sous les draps frais et s'endormit aussitôt.

La lumière du dernier croissant de lune le réveilla. Il avait faim. Il se leva. Une assiette de sandwichs et un pot de thé fumant l'attendaient sur la table du salon. Personne dans le couloir. Il ferma la porte à clef et emporta les victuailles sur le lit. Il retrouva le sommeil juste après la dernière miette.

– 12 –

Il était déjà tard dans la matinée quand Alek trouva son chemin jusqu'au grand escalier. Il le descendit lentement, entre visages et paysages, frais mais toujours pas rasé, vêtu d'une longue tunique noire en lin. C'était tout ce qu'il avait trouvé dans la penderie : tee-shirts blancs, caleçons blancs et tuniques noires, le tout en six exemplaires identiques. Ses vieilles chaussures de sport semblaient anachroniques et déplacées. Il suivit d'alléchantes odeurs de cuisine jusqu'à une salle à manger aux hauts plafonds. Vaisseliers, étagères et vitrines alignés sur tous les murs. Empilés, entassés dedans : des assiettes, de la porcelaine, des verres en cristal, en plastique, des couverts, des soupières, des salières, des bols publicitaires en quantité suffisante pour un régiment. Sur une grande table en bois, deux couverts étaient mis. La pièce était truffée de miroirs et, positionné en plein centre, Alek vit son image se répéter en un nombre infini de copies conformes. Quand le reflet d'Absalon Mendoza apparut dans son angle de vision, il eut une seconde d'hésitation avant de repérer d'où provenait l'original. Il portait un tablier de cuisine blanc, une moufle tout aussi immaculée et une casserole fumante.

— Juste à temps pour le risotto ! Il est crémeux et fondant, comme vous l'aimiez, mon Maître.

Alek prit place devant une assiette bien remplie.

— Un verre de vin blanc ?

107

Il acquiesça silencieusement, la bouche pleine. C'était délicieux. Des champignons fondaient sous sa langue, le riz était cuit à la perfection, le vin était sec et frais.

— Est-il aussi bon que dans vos souvenirs ?

Alek engouffrait bouchée après bouchée, la moitié de sa platée y était déjà passée.

— C'est vous-même, je veux dire au temps où vous existiez sous les traits de Maître Éric, qui m'avez appris cette recette. Vous m'aviez même dit, je m'en souviens comme si c'était hier, que c'est à l'odeur qu'on reconnaît un riz bien cuit... Un autre verre de vin ?

— Merci.

— Ma sœur, Azéma, se meurt d'envie de vous rencontrer. Mais elle travaille à la préparation d'une représentation théâtrale qui sera donnée ce soir en votre honneur. C'est à vingt et une heures.

— C'est donc ici le théâtre de Saturne ?

— Oui. C'est le nom dont on l'a baptisé à une époque.

— Quel genre de pièce de théâtre ?

— Oh ! Une œuvre puisée dans les classiques du répertoire de sa petite troupe, mais c'est une surprise... En attendant, je peux vous faire visiter les lieux, s'il vous plaît ?

— Pourquoi pas ? Mais dites, vous n'auriez pas d'autres fringues à me passer ?

— Si, bien sûr. Pour ce soir, vous aurez tout ce qu'il faut, ne vous en faites pas.

Et ils partirent à la découverte de cette grande maison, un verre de vin à la main.

— C'était à l'origine un immeuble d'appartements qui s'est peu à peu transformé en temple, en école, en clinique, puis en théâtre. Un cirque a même séjourné ici pendant quelques mois. Ils avaient enfermé un lion dans le garage et un éléphant gambadait dans la cour. Chaque jour était un spectacle.

Ils entrèrent dans un vaste salon. Alek en fit le tour en silence. Une armure, des boucliers, une collection de sabres, des fusils empoussiérés, une cheminée de pierre, un piano à queue, deux canapés en osier, un fauteuil de cuir, un divan long, une bibliothèque en ordre, de lourds rideaux autour des fenêtres, des colonnes de marbre lézardé qui montaient jusqu'au plafond d'où pendaient des ventilateurs tournoyant lentement. Au sol : une peau de lion, la gueule ouverte. Alek se retourna vers son guide, un sourire narquois aux lèvres :

— C'est la réincarnation loupée de celui du cirque ?

— Le pauvre n'était pas fait pour l'hiver… Comme vous le voyez, nous faisons de notre mieux pour conserver votre demeure en bon état. Que voulez-vous, le bois craque, le ciment se transforme en sable, alors nous avons récemment consolidé tous les planchers avec ces grosses poutres métalliques, il n'y a donc rien à craindre : c'est du solide. Pour la petite histoire, ce sont les rails provenant du défunt métro des quartiers ouest.

— Ah !?

— De véritables pièces de collection. Mais peu importe, je parle trop, allez-y, Maître. Laissez-vous guider par vos sens, réappropriez-vous les lieux…

Alek poussa des portes : un bureau à l'odeur de cuir vieilli depuis des générations, un placard, une remise, des toilettes pour hommes avec six pissotières et deux cabinets, il n'entra pas dans les toilettes des femmes, une porte fermée :

— Un simple escalier de service pour descendre à la cave.

Tout était énorme dans la cuisine : les gamelles, les louches, les plats ; le frigo était une chambre froide.

Les pièces du centre de la bâtisse donnaient sur un patio intérieur qui ne voyait que rarement le soleil. Une azalée, un oranger et deux palmiers se mouraient autour d'un ange famélique peinant sous le poids d'une corne d'abondance désespérément vide, les pieds ancrés au fond d'un bassin asséché. Une cascade de notes de piano descendit des étages supérieurs puis se tut. Furtivement, Alek crut voir un voile noir disparaître à une fenêtre du dernier étage. Les douces notes reprirent. Absalon Mendoza entraîna Alek vers le hall d'entrée :

— L'escalier descend au théâtre, nous ne pouvons pas y aller, car ils sont en pleine répétition. Mais ce soir, vous aurez l'occasion de le voir sous son meilleur jour : illuminé de tous ses feux et vibrant d'énergie ! Allons plutôt visiter les étages.

Alek apporta la bouteille avec eux. Sur le même palier que son appartement, une dizaine de chambres étaient habitées par des pensionnaires, comme les appelait Absalon.

— Vous en avez déjà croisé certains. Ce sont de bien braves gens à qui l'on offre une chambre propre et confortable, en contrepartie de quelques menus services. Je ne pourrai malheureusement pas vous en faire visiter une, vos voisins sont tous occupés au théâtre, pour ce soir…

Il ponctua sa phrase d'un clin d'œil appuyé.

— Ils ne sont pas bruyants, c'est appréciable… Et ici, leurs sanitaires…

L'escalier qui menait au deuxième étage était légèrement plus étroit. Ils montèrent l'un derrière l'autre entre un aigle, un pigeon, un lièvre, un écureuil, une taupe, un corbeau, un homard, toute une collection d'animaux empaillés qui les frôlaient, les agrippaient ou les caressaient au passage. Arrivé à la dernière marche, Absalon se retourna. Ses yeux sans sourcils, l'un vert et l'autre enflammé par une conjonctivite, se trouvaient à la hauteur de ceux d'Alek.

Il lui posa les mains sur les épaules et déclara d'une voix solennelle :

— Maître, je vous avais promis de vous conter par le détail mes années de recherches et, surtout, comment je vous ai retrouvé. Eh bien, le moment est venu.

— Une véritable épopée, vous disais-je.

Ils avançaient dans un couloir trop sombre pour en distinguer le contenu.

— C'est ici, au troisième, que j'ai amassé tout ce qui de près ou de loin nous a permis de vous retrouver.

Absalon Mendoza ouvrit une première porte avec une clef reliée à son veston par une chaînette dorée.

— Voici la bibliothèque.

Des centaines de livres, annuaires, journaux et revues étaient classés méthodiquement sur des étagères dépareillées.

— Trente ans d'abonnement à des revues consacrées aux artistes handicapés, les bottins des écoles spécialisées, l'annuaire professionnel complet des croque-morts de la ville, mis à jour avec les saisons, des dizaines de feuilles de chou à décrypter tous les jours à la recherche de photos ressemblantes, des sordides affaires de meurtriers ayant occis plusieurs personnes à leur domicile, les vingt-six volumes du mensuel des mycologues amateurs, et j'en passe ! Sans compter qu'il fallait bien entendu aller vérifier tous les faits, la moindre hypothèse, le moindre doute, sur le terrain... Mais ce travail n'a pas été vain, car c'est ainsi que nous sommes tombés sur votre photo dans le journal...

Il chercha l'exemplaire en question, mais ne put mettre la main dessus.

111

— Il a encore disparu ! Ce n'est pas la première fois, à croire qu'une vie anime tout ce qui vous concerne... Certainement votre aura.

— Je ne vois pas d'autre explication.

Alek sirotait son vin, dissipant mal le sourire sur ses lèvres. Ils passèrent dans une autre pièce qu'Absalon ouvrit à l'aide de la même clef.

— Celle-ci est dédiée aux reliques de Maître Éric.

Des centaines de photos de toutes couleurs et formats étaient affichées sur un mur entier de la pièce. El Vampiro au combat, à l'entraînement, dans des vestiaires, Éric Haisault en vacances, au travail derrière son bureau, sur des cartes d'identité, de transport, toujours tout seul. Les personnages secondaires qui devaient apparaître sur certains clichés avaient été tout simplement déchirés. Alek passa ensuite en revue un tas d'objets hétéroclites qui s'empoussiéraient sur des étagères : des classeurs de papiers, des cassettes vidéo, des bandes d'enregistrement, un sabre, des haltères, plusieurs perruques, des chapeaux... et dans un tiroir, un fouet et des sous-vêtements en cuir. Alek les montra à Absalon en le questionnant du regard.

— Cela devait faire partie d'un déguisement, mais voyez plutôt, ceci va vous intéresser.

C'était le costume du Vampiro. Alek le déplia devant lui. Il était deux fois trop large et des mites avaient laissé des traces de leur passage.

— Et regardez : j'ai récupéré le masque.

— Le masque ! Où l'avez-vous trouvé ?

— Un de mes fidèles compagnons l'a acheté, au rabais. Après la honteuse défaite que la mémoire du Vampiro a subie samedi soir, votre ami Silvio a préféré le brader plutôt que de le garder. Il se sera joué de vous sur toute la ligne.

— Qu'est-ce que vous insinuez ? Que savez-vous à propos de Silvio ?

— Oh, presque rien, comme je vous l'ai dit précédemment, je ne constate que les faits : lui n'a pas été inquiété et continue son petit commerce, alors que vous vous êtes fait voler et que les parieurs mécontents sont à votre recherche.

Alek poursuivit sa visite de la pièce en manipulant nerveusement le masque entre ses mains. Il s'arrêta devant des cadres aux toiles vierges.

— Reconnaissez-vous quelque chose ?

— Non. Mais qu'est-ce que ces tableaux blancs ?

— Un véritable mystère. Maître Éric s'éprit de peinture dans ses derniers mois, et il créa des œuvres, ma foi, assez naïves, ressemblant vaguement à des nuages. Mais peu importe, car le plus étrange, c'est que les couleurs et les traits sur le papier se sont évanouis quelques jours après sa mort. Comme par miracle.

Alek resta un instant interdit, puis répondit :

— Ah ? Comme c'est étrange.

— Oui. Mais venez, poursuivons la visite.

Absalon lui reprit le masque des mains et referma la porte à clef.

— Je me dois ici de souligner le rôle inestimable des visions de ma sœur dans votre recherche. Par exemple, voyez-vous, au moment de sa mort, Maître Éric avait les yeux tournés vers l'ouest, indiquant ainsi votre lieu de naissance. Eh bien, elle a su définir l'année et le mois de celle-ci et il ne me resta plus qu'à visiter les six cent cinquante-deux registres d'état civil des quartiers situés entre notre demeure et l'extrême ouest de la ville… Hélas, le peu d'enthousiasme des fonctionnaires, les archives égarées, le feu et la foudre qui frappent aveuglément ne me permirent de retrouver la trace que de trente et un enfants. Ils ont été suivis de près pendant des années : il y en a tout de même un qui devint manchot avec le temps, mais aucun des autres ne présenta le moindre signe annonciateur et tout fut à recommencer… Mais sachez, Maître, que jamais nous n'avons perdu espoir. Nous allions vous trouver, mais quand ? Là était la question qui me tracassait chaque jour un peu plus. Me traiter de bon à rien et m'autoflageller ne m'offrirent qu'un piètre réconfort. Ah ! Je vous dois des excuses pour tout ce temps perdu, sachant maintenant de quoi était faite votre existence…

Alek n'eut pas le temps d'évaluer si sa vie avait été aussi misérable qu'il l'insinuait. Ils étaient arrivés au bout du couloir, la petite clef ouvrit une nouvelle porte.

— Et nous voici rendus à ce que j'appelle « le quartier général ». C'est ici que toutes les recherches vous concernant étaient étudiées, organisées, recoupées et analysées, sans relâche.

Alek ressentit une légère inquiétude avant d'entrer dans cette pièce. Des néons au plafond rendaient la lumière blafarde. Absalon lui indiqua sur le mur une grande feuille de papier à dessin jaunie par le temps.

— Vous pouvez voir ici l'original des prophéties telles que retranscrites par ma sœur dans vos derniers instants.

Protégé par une plaque de verre, le papier était constellé de lettres, de chiffres, de phrases incompréhensibles, de gribouillis raturés.

— Ma sœur écrit mal, j'en conviens, mais à sa décharge, il faut savoir que vous respiriez à peine. Vous avez usé vos ultimes pouvoirs et le peu de voix qu'il vous restait à mettre en mots les visions de votre prochaine incarnation. C'était confus, mais Azéma a su en tirer des directives formelles. Voyez, là, on peut lire le mot *ubre*.

Alek ne déchiffra que la moitié des lettres. Les seuls mots qu'il put clairement identifier au milieu de ce charabia furent « lépiote » et « salut pachyderme ».

— Salut pachyderme ?

— Voici une énigme qui m'a laissé bien des nuits loin du sommeil. Ma sœur a toujours été convaincue qu'il s'agissait d'une fausse piste; je la soupçonne d'avoir pris ça pour une insulte. Mais peut-être allez-vous la résoudre pour moi?

— Non, je ne vois pas de quoi il s'agit.

— Alors elle devait avoir raison : une fausse piste, il y en a plusieurs. Il n'était pas toujours facile pour Azéma de faire la différence entre délire d'agonisant et véritables prophéties, mais elle a fait de son mieux.

Une énorme carte de la ville recouvrait le mur opposé. Épinglées dessus : des photos, des notes, des feuilles d'érable, des cartes de visite.

— Certains de ces portraits proviennent d'un concours de sosies que j'avais eu l'idée d'organiser. Regardez celui-ci, il pourrait être votre frère ou votre père, n'est-ce pas?

Alek n'en croyait pas ses yeux : il se découvrit un clone roux, et un autre aux longs cheveux bruns et frisés, mais quelques faits troublants accaparaient aussi son esprit :

— Pourquoi toutes ces feuilles mortes?

— Cela fait partie des visions de ma sœur : elle avait vu que vous travailliez avec des feuilles d'érables. J'ai fait mes recherches, et chaque feuille que vous trouvez sur le plan correspond à des quartiers où l'on en trouve... Malheureusement, cela non plus ne m'a pas été d'une grande aide...

Alek reconnut sans peine, éparpillés dans la pièce, plusieurs objets qu'il avait jetés dernièrement à la poubelle et même un dossier de chaise qu'il savait provenir de l'église.

— Et donc, pour conclure, quelques jours après avoir repéré cette fameuse photo dans le courrier des lecteurs du journal des quartiers sud, un de mes contacts auprès de la confédération des éboueurs m'a averti que des champignons jaunes avaient été décelés dans des poubelles des quartiers nord-nord-est... et vous connaissez la suite.

Absalon Mendoza referma la porte derrière eux.

— Et en face, ce sont mes appartements.

Il ouvrit juste assez la porte pour qu'Alek puisse y jeter un coup d'œil.

— Ils ressemblent aux vôtres.

Effectivement, Alek eut même l'impression qu'ils étaient rigoureusement identiques. De ce qu'il put voir, seules les tapisseries affichaient des couleurs différentes.

— Voilà ! Vous devez en avoir assez de ces vieilleries. Mais rassurez-vous, maintenant que vous connaissez la maison, je vous laisse libre de retourner vous reposer.

— Et le dernier étage ?

Absalon Mendoza prit un air gêné :

— Azéma y a ses quartiers, et présentement elle n'y est pas... Et vous connaissez les femmes, elle n'apprécierait guère que même moi, son propre frère, y pénètre sans y avoir été formellement invité... Mais le temps file et les heures ne nous ont pas attendus, il faut que je me prépare pour ce soir. Je vous raccompagne.

— Je vais d'abord descendre récupérer quelques affaires dans ma voiture...

— Pas la peine, j'ai pris la liberté de tout faire porter chez vous. Vous trouverez aussi de quoi vous changer pour assister à la représentation. Je passerai vous chercher à vingt et une heures, heure de l'Est.

Affichant son éternel sourire, il débarrassa Alek de la bouteille vide, s'inclina poliment et ferma la porte derrière lui.

Alek s'affala dans un confortable fauteuil en cuir. Il avait la tête bourrée de ce colossal étalage d'objets et reliques en tous genres. Le ventilateur faisait chanter et danser l'air. De simples ampoules remplaçaient la lumière du soleil. Alek était troublé. Se pouvait-il que cet illuminé d'Absalon ait raison ? Alek trouvait maintenant de moins en moins d'arguments à lui opposer. Il avait vu dans ces peintures effacées par le temps les prémices de l'art éphémère qu'il avait pratiqué lui-même avec des pinceaux trempés d'eau. Et il pensait même avoir compris la signification de cette mystérieuse phrase : salut pachyderme. Cela devait faire référence à son éléphant à roulettes, celui à qui il devait son salut dans l'incendie qui n'avait pas épargné ses parents.

« Toc toc. » Deux coups feutrés frappés à la porte. Il l'ouvrit. Un homme qu'il n'avait jamais vu portait une casquette mauve et un plateau-repas. Sans y être invité, il clopina jusqu'à la table du salon, y déposa le plateau, puis revint sur ses pas, s'inclina et ferma la porte derrière lui. Sous une cloche d'argent, Alek trouva trois sandwichs garnis accompagnés de salade. Le pain grillé était encore chaud, le fromage fondait, le bacon suintait. Une bouteille de bière fraîche n'attendait qu'un geste de sa part pour désaltérer son gosier.

Même s'il ne voulait pas se l'avouer, s'il en refusait même l'idée, Alek se sentait flatté de cette attention qu'on lui portait. Honoré de toute cette épopée, cette activité, ces personnes qui avaient consacré une partie de leur vie à le rechercher, lui, Alek Salazar ou quel que soit son nom. Après la dernière gorgée de bière, un rot remonta de ses entrailles et il se sentit soudain important. Et unique. Il se voyait comme le résultat mathématique des lois de la statistique : le hasard l'avait désigné. Après tout, s'il en fallait un seul parmi l'entière humanité, pourquoi ne serait-ce pas lui ? Lui qui pourrait… qui pourrait…

— Vivre ainsi jusqu'à la fin de mes jours.

Des notes de piano le tirèrent de ses pensées. Elles tombaient de loin. Le temps et la distance les

117

rendaient tristes et lancinantes, mais Alek reconnut tout de même l'air qu'il avait entendu l'après-midi. C'était donc Azéma qui jouait. La mélodie coulait du tuyau descendant du plafond. Il s'en saoula jusqu'à la dernière note. Assoupi sur le bureau, dans ses rêves, il dansait pendant des heures et des heures sans jamais se fatiguer, grâce à ses pouvoirs magiques. Le silence le réveilla. Il ouvrit le poste de radio du salon, il était (voix de femme) : « *BIP Vingt heures bip deux minutes bip heure de l'Ouest »*, l'heure de se préparer.

– 13 –

À vingt et une heures précises, Absalon Mendoza vint le chercher. Alek n'avait pas sa gueule des meilleurs jours et il portait toujours la tunique noire.

— Vous ne vous êtes pas encore changé, Maître ?

Dans la penderie l'attendaient, en six exemplaires rigoureusement identiques : un grand manteau rouge et vert, manches et col en crinière de lion ; une chemise bouffante rouge avec boutons de manchette portant les initiales E. H. ; un collant blanc en guise de pantalon, et, pour couronner le tout, une perruque blonde qui lui avait chatouillé les omoplates quand il avait tenté un essayage. Avec aux pieds ses éternelles chaussures de sport, il avait tout simplement l'air ridicule.

— Non. Il est hors de question que je porte cet accoutrement. Vous me prenez pour qui ? Allons-y.

— Impossible. Pas dans cette tenue.

— Très bien. Alors je reste ici.

— Vous ne trouvez pas le costume d'apparat des Maîtres à votre goût ?

— C'est le moins que vous puissiez dire.

— Vous m'en voyez peiné. Très peiné.

— Alors nous avons au moins ça en commun.

Alek était fier de ses petites répliques et il était décidé à ne pas se faire marcher dessus. Des larmes coulaient sur les joues rondes d'Absalon, plusieurs s'étaient égarées jusqu'au bout de son nez.

— Allons, Absalon, reprenez-vous, c'est juste que je ne vois pas pourquoi...

— Bob. Appelez-moi Bob, je vous en conjure, au moins une fois.

— Oui, d'accord... donc écoutez... Bob, je...

— Ah! Merci. Merci, Maître. Vous ne pouvez pas savoir le plaisir que vous me faites.

— N'exagérons rien, mais bref, pourquoi devrais-je me déguiser de la sorte?

— Vous déguiser? Vous déguiser! Pensez-vous qu'Azéma et sa troupe ont le sentiment de s'être *déguisés* pour la représentation unique et exceptionnelle qu'ils vous ont préparée? S'il vous plaît, de grâce, n'utilisez pas ce terme devant elle, ma pauvre sœur en serait toute retournée. C'est un spectacle d'un style particulier, Maître, une ambiance dans laquelle le public aussi doit se fondre, il ne peut en être autrement...

— Dix billets et deux cigarettes. À prendre ou à laisser.

Les dernières larmes irriguant le visage de Bob changèrent de parcours et il transforma rapidement une légère grimace en son légendaire sourire éclatant. Il sortit des billets de sa poche et les donna à Alek, sans les compter:

— Je ne pourrai vous fournir les cigarettes que demain.

— À quelle heure?

— Je ne sais pas, le plus tôt possible, je vous le promets, mais s'il vous plaît, allez vous changer, vite, on vous attend.

— J'y vais, j'y vais... Mais dites-moi, Bob, juste une question: pourquoi six fois les mêmes vêtements à chaque fois?

— L'habitude, Maître. L'habitude...

Le théâtre de Saturne était plongé dans le noir. Alek suivait Bob comme un aveugle, se laissant guider, une main sur son épaule, jusqu'à un fauteuil de spectacle. Ses yeux s'habituèrent peu à peu à l'obscurité. Il se trouvait au premier rang de sept ou huit rangées de strapontins. Bob avait disparu, Alek était le seul spectateur. Silence de mort.

Une note de piano. Une autre. Elles tombaient lentement, telles les premières gouttes précédant l'orage. Deux hommes à casquette, tout de blanc vêtus, tirèrent chacun de leur côté en marchant à reculons le rideau qui cachait la scène. Lumières! Coups de cymbales, une voix venue d'outre-tombe fondit en même temps que six rayons de foudre sur le décor de papier et de bois : *Peu après jadis, bien avant maintenant, quand hier était demain et aujourd'hui encore à naître...* Alek reconnut la voix d'Absalon Mendoza. Un spot rouge fulgurant dévoila un trône posé au fond de la scène faisant dos au public, une personne avec de longs cheveux blonds y était assise. ... *un homme remonta le cours de sa vie.* Le piano, tapi dans un coin sombre de la scène, continuait à égrener ses notes. On ne distinguait qu'une ombre derrière les touches d'ivoire. *Il revécut ainsi toutes les saisons de sa noble existence.* Ce qu'Alek avait pris pour des décors se mit à bouger, s'humaniser. Des hommes à casquette étaient derrière la fausse montagne, les arbres morts, la petite maison...

Sur le côté gauche de la scène, deux acteurs en blanc des pieds à la tête faisaient descendre depuis le haut du plafond un énorme chaudron doré. Deux autres, en noir, tiraient au même rythme lent et appliqué, en cadence avec la musique, le trône vers le devant de la scène. Il glissait sur des rails. *Ses succès, ses combats et conquêtes...* Autour, de nouveaux acteurs en blanc ou noir gesticulaient au milieu des décors, ils mimaient tant bien que mal l'histoire contée par

Absalon. *Le jour où il rencontra ce prince arabe qui ferrait son cheval à l'envers pour dérouter ses ennemis.* Un homme en blanc chevauchait un long bâton, avec une tête de cheval à une extrémité et une queue à l'autre, le chaudron continuait sa lente progression vers le sol et le trône convergeait vers le même point central quand un bruit discordant de mécanique couvrit la musique. Les notes se firent silence. Absalon bafouilla derrière son micro. Le trône avait déraillé. La corde qui le tractait s'était emmêlée dans une poulie.

Suivit une minute confuse, où décor et acteurs se bousculèrent pour faire repartir la machine. Le piano comptait les secondes en notes graves et rageuses. Absalon répéta trois fois la même ligne de son texte. Seule la personne assise sur le trône était restée stoïque. Alek remarqua alors qu'en plus de cette longue crinière blonde elle portait un manteau aux manches recouvertes de crinière de lion identique au sien, c'est tout ce qu'il en apercevait.

Un coup de cymbale et tout redémarra en ordre : deux casquettes noires poussaient maintenant le trône, Absalon continua sa narration : ... *jusqu'aux premières scènes de son histoire...* Un long jet de fumigène sortit de nulle part, Absalon toussa et une casquette blanche éteignit promptement l'appareil. Les notes du piano, entrecoupées de coups de cymbales à contretemps, se firent plus fortes, plus dissonantes, plus insistantes. *Jusqu'à des moments de son enfance que sa mémoire avait même oublié qu'elle avait oublié.* Un autre jet de fumée apparut quand l'énorme chaudron atterrit sur la scène, juste devant le trône, à quelques mètres d'Alek. Il contenait un liquide jaune en ébullition. Des lumières bleues et rouges le frappaient au rythme d'une grosse caisse amplifiant les battements d'un cœur invisible – *Il se fit sperme, ovule, atome...* Le projecteur qui éclairait de rouge la progression du trône éclata, et c'est dans un brouillard blafard que le trône fut soulevé par des dizaines de bras et basculé à l'horizontale au-dessus du chaudron bouillonnant. Tous les instruments s'affolèrent: des bruits de tonnerre, des voix, des cris, des pleurs, une cacophonie abrutissante. Alek s'aperçut que la personne assise portait exactement la même tenue que lui, mais sa mémoire retint surtout l'instant où le crâne de ce qui n'était qu'un pantin s'ouvrit en deux et laissa tomber une boule de poils dans le liquide jaune. Un petit champignon atomique et doré se forma au-dessus du chaudron et le piano se tut. Les fumigènes emplissaient déjà la moitié de la scène, ils redoublèrent de puissance – ... *les mécanismes de la vie éternelle...* (Absalon s'étouffa) *lui furent révélés* – et à travers ce nuage opaque, au son de tambours et trompettes, apparurent les formes d'une femme qui ne pouvait être qu'Azéma.

Elle portait une combinaison noire qu'on pouvait croire transparente tant elle laissait deviner l'intimité de son corps. Sa tête et son visage étaient recouverts d'un voile. Mais ces courbes frôlant la perfection tout en haut de ces jambes fines et interminables et ce buste, ce buste fier et haut perché, étaient, à eux seuls, dignes d'attirer tous les regards de la salle. Azéma dansait, ou peut-être était-elle en transe? Alek n'en savait rien. Alek ne savait plus grand-chose. Il était hypnotisé par ce cul. Au bout de trop courts instants, elle se figea derrière le chaudron – silence – et elle plongea un bras délicat dans la potion. Le geste fut rapide et précis. Elle en sortit un chat qu'elle tenait par le bout de la queue. Un chat dégoulinant de liquide jaune et visqueux. Il se mit à gigoter, secoué de spasmes électriques. Azéma avança sur le devant de la scène, entourée des acteurs, noirs d'un côté, blancs de l'autre, et la voix d'Absalon rugit dans le micro: *MAÎTRE, VOTRE CHAT!* Alek ne comprit pas tout de suite. Comme tous les personnages sur la scène, et même Bob qui les avait rejoints, saluaient le seul spectateur qu'il était, il applaudit : « CLAP… CLAP ». Mécaniquement, des coups claquants et saccadés. Debout, il avait le corps d'Azéma à portée de main, il entendait à peine le chat entre eux qui miaulait, « CLAP… CLAP », il ne pensait qu'au ridicule de sa tenue, il suait sous sa perruque blonde. Les hommes saluaient toujours, Azéma lui mit l'animal sous le nez et c'est alors qu'il comprit : ces yeux, cette couleur et, surtout, ces deux trous dans la langue… C'était le chat. Son chat. Vivant et pas content. Il allait se mettre à griffer, il le connaissait. Azéma desserra ses doigts effilés aux ongles rouge sang, et le chat dégringola dans les bras d'Alek. Il se débattit, l'égratigna à la joue droite, glissa et ne retomba pas sur ses pattes. Rideau.

Alek passa la nuit à inspecter le chat sous toutes les coutures. Comme celui-ci ne l'avait pas reconnu avec sa barbe et sa perruque, Alek avait dû se servir de son manteau d'apparat comme d'un filet pour l'attraper. Ce n'était qu'en entendant sa douce voix, « C'est moi, le chat, Alek, ton maître, tu te souviens ? », qu'il s'était calmé. Quel était ce miracle ou ce tour de sorcellerie ? Alek n'en savait encore rien. À la fin de la représentation, il avait entendu Azéma traiter Absalon et les casquettes d'incapables, il s'était éclipsé et n'avait croisé personne sur le chemin de son appartement. Il avait lavé le chat. L'avait séché. Regardé s'endormir. Écouté ronronner. C'était bien son chat, aucun doute possible : sa queue était brisée en deux et ses excréments étaient jaunes. De plus, le chat le réveilla comme à son habitude, en se frottant à sa barbe. Quoiqu'il ne pouvait être ni huit heures ni midi : il faisait encore nuit dehors. « Il doit être décalé », se dit Alek. Mais cela tombait bien car il avait prévu de sortir.

– 14 –

Alek ne pouvait envisager de rencontrer Azéma accoutré de la sorte. Il avait de l'argent en poche, il trouverait bien un magasin dans le coin. Il n'était pas difficile : un tee-shirt et un pantalon de toile feraient l'affaire. N'importe quoi serait de toute façon mieux que ce qu'il portait : un collant blanc, une chemise faite d'une tunique noire raccourcie, ainsi qu'une casquette verte, une large veste de chasse et des lunettes de soleil qu'il avait trouvées dans l'entrée. Avec sa perruque et sa barbe de six jours, il ne craignait pas d'être reconnu.

Dans la rue, de l'autre côté du portail, il inspira une grande bouffée d'air libre et frais. Les premiers coqs chantaient, les ombres naissaient, la rosée, l'odeur du café : il devait être cinq heures (heure de l'Est). Alek se sentait en forme. L'envie de se dégourdir les jambes. Il partit à l'aventure. C'était si calme qu'il pouvait profiter des premiers rayons de soleil en marchant en plein milieu des rues, ruelles et avenues. Il découvrait ce quartier situé juste à l'est de la montagne. Des petits immeubles, des maisons, en bois, en pierre. Les magasins n'avaient pas encore ouvert leurs rideaux de fer. Au croisement d'une avenue, une grue finissait de détruire le coin d'une maison. Un ouvrier lui apprit que le défilé de la fête nationale passait par là et que certains chars ne pouvaient manœuvrer dans des virages aussi serrés. La famille au complet avait été relocalisée. Il lui indiqua aussi un marché ouvert à cette heure matinale.

Alek tourna à droite et vit arriver sur lui un homme très maigre, vêtu comme un athlète, un bandeau sur le front. Il marchait au pas en faisant rebondir une balle de caoutchouc sur le sol, les murs et toute autre surface qui se trouvait sur son passage. Quand ils se croisèrent, Alek remarqua qu'il avait un œil de verre et il se pencha juste à temps pour éviter la balle qui alla rebondir – VLAMM – sur une tôle derrière lui puis revint aussitôt dans la main gauche du lanceur. Celui-ci cria :

— Faut pas rester sur la diagonale du fou !

Et il poursuivit son chemin à raison de deux pas par rebond. L'écho résonna avec celui des chasses d'eau. Le monde se levait. Alek arriva au marché, un vieil hangar ouvert au vent. Sur un étalage, il dénicha un pantalon en lin jaune et une chemise à fleurs, la seule tenue disponible dans sa taille. Quand il tendit un billet au vieux vendeur, celui-ci lui étreignit la main avec les deux siennes et refusa poliment son argent. Alek, surpris, le remercia et continua ses emplettes. Un autre marchand, confus, lui assura qu'il ne trouverait pas de pneus dans le secteur, toutes les roues de secours ayant été réquisitionnées pour la fête nationale, et que des croquettes, cela faisait bien longtemps qu'il n'en avait vues. Engoncé au bout d'une allée donnant sur la rue, un minuscule comptoir sentant bon le café frais l'attira. Une femme aux cheveux gris l'accueillit d'un air étonné. Il s'assit sur un tabouret et elle lui servit d'office une tasse de café. Elle tremblait tellement que la moitié du breuvage se retrouva dans la soucoupe. Un nom était brodé sur son tablier : Arleta.

— Merci, Arleta.

Elle le regarda tendrement puis retourna à ses fourneaux et en revint une minute plus tard avec un sandwich à l'omelette de pommes de terre roulé dans une serviette en papier qu'elle posa devant lui. Alek mordit dedans avec appétit. La serveuse ne le quittait pas des yeux, il manquait plusieurs dents à son sourire, des larmes charriaient son maquillage. Alek, la bouche pleine, mal à l'aise, fixait la rue.

— Ainsi, vous ne m'avez pas oubliée, monsieur Éric.

Alek sursauta et renversa le reste de la tasse sur le comptoir.

— Quoi ? Qui ? De quel monsieur Éric parlez-vous ?

— Je suis bien âgée, ma vue n'est plus ce qu'elle était et ma mémoire n'est pas comparable à celle d'un éléphant, mais il est des personnes qu'on n'oublie pas, monsieur Éric.

Elle ouvrit un placard sous la caisse enregistreuse et en sortit une photo encadrée sous verre sans un grain de poussière, qui dans les mains d'Alek aurait pu être un miroir. À la seule différence que l'homme à la casquette verte, aux lunettes de soleil, aux cheveux blonds et avec une barbe sur la photo souriait, lui. Le cliché avait été pris ici même, Arleta, encore jeune et belle, se tenait derrière son comptoir, souriant de toutes ses dents. Sur la gauche de l'image, une autre femme, aux formes parfaites, ne montrait que son dos. En bas, une dédicace : *Arleta, gloire à tes omelettes, amitiés, Éric H.* Alek n'en revenait pas.

— C'est un vieux portrait, mais vous n'avez pas changé, vous.

— Effectivement… Et cette femme à mes côtés, qui est-ce ?

— Je ne sais pas. Peut-être une de vos conquêtes…

Elle dut lever la voix pour finir sa phrase, car le camion de la fanfare du quartier remontait la rue et personne ne pouvait l'ignorer. Il était identique à ceux des quartiers nord. Les mêmes instruments et la même musique, un son beaucoup plus puissant, par contre. Il avançait nettement moins vite aussi, ce qui le rendait agaçant plus longtemps. Le fou qu'Alek avait croisé plus tôt le suivait, faisant rebondir au rythme de la musique sa balle sur la carrosserie du camion. Alek rendit la photo à la serveuse et en profita pour changer de conversation.

— Vous le connaissez cet énergumène, Arleta?

— Bien sûr, c'est Luc. Luc Suarez, une légende dans le quartier. Il a ses périodes. Ça fait bien deux semaines qu'il sillonne les rues avec sa balle. Le boulanger pense qu'il s'entraîne pour la fête nationale, mais je n'en crois rien; c'est encore une de ses pénitences. Je préfère ne pas savoir ce qu'il doit se faire pardonner ce coup-ci, mais les gens en ont marre. Oh! Au début, c'est tout nouveau tout beau. On le trouve distrayant, les enfants s'en amusent, et puis ils essaient de l'imiter, et qui paie après pour tout le verre cassé? Mais ça lui passera. Il n'y a pas si longtemps, il s'était mis dans la tête de manger sa pitance ingrédient par ingrédient. Trois mois, il a tenu. Voyez comme il est maigre maintenant.

Alek se redressa d'un coup et posa un billet sur le comptoir. Elle recouvrit sa main de la sienne.

— Vous ne me devez rien, monsieur Éric. Jamais je n'aurais cru avoir encore une fois le plaisir de vous servir le petit-déjeuner.

Et il fonça dehors à la poursuite du camion de la fanfare et du fou à la balle. Il les rattrapa un coin de rue plus loin. Il l'interpella:

— Monsieur Suarez! Luc Suarez!

Mais le tintamarre de la fanfare couvrait sa voix et l'autre poursuivait son petit trot régulier en l'ignorant. Alek lui empoigna l'épaule. La balle loupa la main de son lanceur. Elle alla se perdre dans une bouche d'égout. Luc se retourna sauvagement. Il criait, il se tapait les mains contre le front, son œil était en furie, il s'apprêtait à bondir sur Alek, qui, instinctivement, ne trouva de meilleur moyen pour passer son message que de lui envoyer un coup de poing en pleine figure. Luc fut projeté au sol, son œil de verre alla rouler dans le caniveau, et Alek lui lâcha, plus calmement :

— Tu donneras ça à Silvio, Jesús, de la part du Vampiro.

Les passants, les ouvriers, les fonctionnaires, les mères et leurs enfants, les écoliers en uniforme rouge et vert se rendant à l'école : la rue s'animait et tout le monde les regardait. Alek se sauva dans une ruelle et courut jusqu'au bout de son souffle. Il arracha casquette, lunettes et perruque et repartit en marchant vers chez lui. En apercevant son reflet dans une vitrine, il se rendit compte qu'on pouvait maintenant reconnaître Alek Salazar. Cette constatation le fit accélérer.

Bob l'attendait dans le hall d'entrée :

— Vous voilà enfin, je me faisais du souci. Azéma s'impatiente.

Des notes de piano passaient à travers la porte d'Azéma. Alek tapa trois coups. La musique cessa, des talons claquèrent sur le sol et la porte s'ouvrit. Il faisait sombre chez elle. Les rideaux étaient tirés, son corps n'avait pas changé. Elle lui tendit une main gantée :

— Bonjour, monsieur Sarazar. Azéma. Azéma Trouble.

Elle portait un pantalon moulant, un châle négligemment jeté sur ses épaules dissimulait mal son décolleté, un voile rouge cachait son visage et ses cheveux. Elle examina Alek de bas en haut. Il portait ses nouveaux habits, Bob avait insisté pour qu'il garde au moins la perruque pour cette première rencontre en tête à tête. « L'émotion des retrouvailles, vous comprenez, Maître. » Alek avait accepté contre une cigarette supplémentaire.

— Drôle de tenue. Entrez. Cela fait deux thés et une éternité que je vous attends.

Elle se déhancha délicieusement devant lui jusqu'au salon. Elle virevolta sur ses talons et se laissa tomber gracieusement, les jambes croisées, dans le fond d'un fauteuil. Elle lui fit signe de s'asseoir face à elle. Entre mille autres questions, Alek se demanda comment elle pouvait y voir à travers ce voile.

— Alors, monsieur Sarazar, on se prend pour le Messie?

— ... Salazar. Avec un l. Non... Moi je n'ai rien demandé, c'est votre frère qui...

— Demi-frère seulement. Et il n'a pas eu droit à la meilleure moitié, croyez-moi. Autant vous avertir tout de suite, monsieur Sarazar : je ne fais aucunement confiance à cet incapable.

— SaLAzar.

— Oui! J'ai compris. Trente ans qu'il cherche et me ramène des ersatz de celui que j'attends, de plus en plus impatiemment, je dois l'avouer.

— Madame... Azéma, ce n'est certainement pas à moi de vous dire si je suis ou non la réincarnation d'Éric Haisault, mais d'après ce qu'affirme votre... Bob...

— Bob? Il se fait appeler Bob maintenant! Le pauvre, il délire. Peu importent ses paroles insensées, personne d'autre que moi n'est capable de déceler la véritable réincarnation de mon père.

— Votre père?

— Casimir ne vous a rien dit?

— Casimir?

Azéma soupira, le tissu se gonfla comme une jupe légère, et elle ajouta, exaspérée :

— Mon demi-frère. Bob!

— Il me parlait d'un père spirituel...

— Vous ai-je dit le contraire? Spirituel, intellectuel, aucune plume ne manquait à ses ailes. Mais gardons les détails pour plus tard. Je suis torturée par une méchante migraine, il en est toujours ainsi les lendemains de représentation. Au fait, comment va votre chat ?

— Bien. Très bien, mais comment avez-vous fait ?

— Laissez-faire le comment, concentrez-vous plutôt sur les remerciements.

Elle se leva.

— Oui, bien sûr, merci, Azéma, mais...

Son châle glissa et les mots se bloquèrent dans la gorge d'Alek.

— Je vais être directe avec vous, Alek. Vous êtes la cinquante-quatrième réincarnation d'Éric Haisault que Casimir me ramène. Alors vous comprendrez que dans ces conditions, je préfère prendre mes précautions avant de me réjouir.

— Tout à fait. Moi-même je ne cherche que la vérité...

— Alors déshabillez-vous, s'il vous plaît.

— Me déshabiller ?

— Oui. Complètement. Je vais inspecter les traces sur votre corps.

Le bout de ses seins ne devait pas être éloigné de plus d'une longueur de main de la chemise fleurie d'Alek, mais même de si près il ne pouvait voir les traits de son visage. Des doigts longs et experts défirent ses boutons et sa fermeture éclair, il se laissa faire. Elle lui susurra à l'oreille :

— Certains aspects de la reconnaissance passent par des relations... intimes...

Sa voix se faisait envoûtante, mielleuse, aussi épaisse que le sang dans les veines d'Alek.

— Et j'en ai marre de me faire sauter par le premier manchot venu.

Alek était nu. Éclairé par un puissant projecteur de cinéma qu'Azéma venait d'allumer. Il bandait. Elle

131

tourna autour de lui. Elle se pencha sur chaque tache, mesura de ses doigts tendus des tailles et des écarts.

— Je dois vous signaler que ces petites cicatrices sont d'anciens grains de beauté.

— Tiens donc, et pourquoi les avoir retirés ?

— Mon oncle les revendait.

— Votre oncle ?

— Oui, mon oncle Octavio.

Alek sentit les doigts d'Azéma se crisper sur sa peau.

— Vous le connaissiez ?

— Non. Jamais entendu parler.

Elle continua son inspection. Alek prenait les effleurements pour des caresses, ses discrètes exclamations pour des soupirs et n'en pouvait plus de ne pas toucher ce corps à sa portée.

— Tss Tss… Voyons, Alek ! Votre cas n'est pas inintéressant, mais laissez-moi le temps d'analyser les faits avant d'envisager la prochaine étape… Vous pouvez vous rhabiller.

Avant de le raccompagner vers la sortie, elle lui désigna des objets disposés sur une table et lui demanda d'en choisir un au hasard. Entre une paire de pantoufles en peau de léopard, un caleçon constellé de petits cœurs, un porte-clefs publicitaire pour une marque de bière, un briquet plaqué or et des lunettes de soleil mauves, Alek opta pour le briquet. Azéma lui murmura :

— Vous continuez à m'étonner, Alek…

Et elle poursuivit d'une voix beaucoup moins douce tout en le poussant hors de chez elle :

— Mais faites-moi le plaisir de changer de tenue pour notre prochaine rencontre, je suis allergique au pollen.

– 15 –

Décontenancé. Un peu vexé aussi. Étonné de l'accueil froid d'Azéma. Excité par l'image de son corps qu'il arrivait à recréer dans les airs avec ses mains. Voilà comment Alek se sentait une fois de retour chez lui. Mais pas beaucoup plus renseigné. Ses questions s'étaient évaporées en sa présence. Le chat était venu se blottir sur ses genoux. Le chat qui était de retour parmi les vivants et qui avait faim. Il miaulait. Alek se demandait à quoi pouvait ressembler son visage. Il essayait de calculer son âge. Elle pourrait être sa mère. Et alors? Un corps bien conservé ne vieillit pas. Il acquiert de l'expérience. Et ses mains, ses doigts, ils n'avaient rien de ceux d'une grand-mère. Que lui fallait-il de plus pour qu'elle le prenne pour son «père»? Ne répondait-il pas à tous les critères qu'elle-même avait énoncés? Et combien de personnes l'avaient déjà reconnu! Et la voix, les champignons et même ces prophéties dont il était le seul à comprendre la signification. En fait, en y réfléchissant bien, Alek était maintenant incapable de trouver des faits concrets susceptibles de remettre en question le fait qu'il était la réincarnation d'Éric Haisault. Il le sentait même en lui. Une sorte d'illumination intérieure. Un lavement intégral. Il se sentait plus léger, en accord avec sa nature. Serein comme jamais il ne l'avait été. Comme jamais il n'aurait pensé pouvoir l'être. Presque en apesanteur. Il se voyait d'en haut, endormi sur le fauteuil, le chat lui tenant chaud aux cuisses, avec assez de recul pour comprendre qu'il était bien plus qu'Alek Salazar. «Reste à savoir combien de temps cela va durer», se demanda-t-il, le regard posé sur ce bel et fier araucaria dressé devant la fenêtre. Un clignement d'œil plus tard, l'arbre disparut dans un vrombissement de tonnerre et de craquements. D'un bond, Alek fut à la fenêtre. Bob et ses hommes s'employaient à couper les arbres de la rue. Le chat était resté agrippé à sa cuisse, les griffes profondément plantées dans sa peau.

— La radio vient de l'annoncer, un changement de dernière minute dans le tracé du défilé de la fête nationale, ils passeront dans notre rue, juste sous vos fenêtres. C'est bien dommage pour ces arbres, mais que voulez-vous : ils ont besoin de place, et d'un autre côté, vous aurez droit à une vue exceptionnelle. Un vrai traitement de roi. Comment va votre chat ?

Avec sa hache à la main, Bob ressemblait à un nain de jardin. Une cohorte d'hommes en casquettes multicolores s'affairaient à couper les araucarias centenaires. Ils avaient de grandes scies, ils en jouaient comme d'un violon, chacun d'un côté du tronc. Ils faisaient danser la sciure. Les lames lubrifiées de sève allaient et venaient sans effort, quatre duos dans un rythme parfait. Une fois le cœur atteint, les arbres craquaient et, le temps de choir, ils poussaient une ultime clameur, magistrale et fulgurante récapitulant toute leur histoire.

— Il a faim. Moi aussi, d'ailleurs. Et Casimir, vous avez mes…

Il mima l'attitude du fumeur.

— Bob. Appelez-moi Bob. Oui. Mais rentrons. Votre balade de ce matin n'est pas passée inaperçue. Prudence et discrétion, Maître. J'insiste. Pour votre bien. Ces personnes sont dangereuses…

— Ceux qui m'ont reconnu m'ont pris pour Éric Haisault, pas pour Alek Salazar.

— Mais Alek, ne comprenez-vous pas que c'est la même chose ?

— Azéma, votre charmante demi-sœur, ne semble pas en être aussi sûre.

Casimir soupira, il avait le sourire fatigué.

— Que diriez-vous d'un verre de rhum, Maître ?

— On avait parlé de trois cigarettes.

Il n'y en avait que deux dans l'enveloppe.

— Mon fournisseur me l'a promise pour ce soir.

Ils étaient confortablement installés dans les fauteuils en osier du grand salon. Chacun un verre ballon à la main. Les ventilateurs ronronnaient lentement. Alek alluma sa cigarette avec son nouveau briquet plaqué or. Casimir s'exclama :

— Oh ! Vous avez retrouvé mon briquet. Cela fait des années que je le cherche. Où était-il donc niché ?

— C'est votre sœur qui me l'a offert.

Alek souffla la première bouffée dans le rhum, mélangea, aspira, prit une gorgée et fixa son regard pétillant dans les yeux de Casimir. Il se sentait en confiance.

— Vous avez des mauvaises pensées à dissoudre, Maître ?

Alek s'étouffa d'alcool et de fumée.

— Quoi ? … Qu'est-ce que vous avez dit ?

— C'était un vieil adepte des services d'Azéma qui avait coutume de dire ça. Cela fait des années que je ne l'ai vu. Ses os doivent être désormais réduits en cendre…

— Comment s'appelait-il ?

— Ma foi, je n'en sais rien. Je n'ai pas la mémoire des noms. Azéma pourrait certainement vous répondre. À propos, comment avez-vous trouvé ma chère demi-sœur ?

— Très belle.

— Mais encore ?

— Voilée, autoritaire, indécise sur mon cas et très intéressante, notamment lorsqu'elle m'a conté les détails de vos cinquante-trois échecs, Casimir.

Il posa la cigarette sur un cendrier en ivoire et souffla un long jet de fumée dans sa direction.

— Maître, il est temps que je vous parle sérieusement d'Azéma. Vous vous en êtes rendu compte par vous-même : elle n'est plus la petite fleur que vous connaissiez. Elle a beaucoup changé après votre disparition et je dois dire que, depuis quelques mois, elle m'inquiète au plus haut point. Il faut croire que le temps l'a aigrie et...

— Mais quel âge a-t-elle exactement ? Ses courbes ne sont pas celles d'une cinquantenaire !

— Alek, je vous prie. Je vous rappelle que nous parlons de ma sœur. Et elle est très tatillonne sur son âge. Elle utilise un calendrier de son invention dont elle change les règles de calcul chaque année, si bien qu'elle semble rajeunir à chaque anniversaire. Personnellement, je m'y perds et je ne voudrais pas commettre d'impair, alors je vous laisse le plaisir de le lui demander.

— Et ce voile sur sa tête ?

— Alek, chaque femme a un secret qu'elle ne peut dévoiler, laissons-la en paix avec le sien. Mais bref...

— Elle ne prend pas autant de pincettes avec vous, mon cher Casimir.

— Je sais, Maître. Et je suis le premier peiné de ces contretemps qui ont retardé votre retour parmi nous. Mais c'est justement ce que j'essaie de vous dire : cette diva sans voix joue à la reine. Elle nous prend tous pour ses sujets et votre retour signifie dans sa petite cervelle qu'elle va perdre son trône. Mais elle ne pourra pas nier longtemps la vérité. Les faits sont là : vous êtes la réincarnation de Maître Éric. Cela ne fait plus aucun doute pour personne et je compte sur vous pour lui faire entendre raison et revendiquer vos droits.

— Oui, d'accord, mais si je loupe son... examen de passage.

— Ne vous en faites pas, c'est une simple formalité.

— Ah!? Et ensuite?

— C'est bien simple : vous passerez le rituel de l'illumination, vous retrouverez vos pleins pouvoirs et avec eux, tout ce qui vous revient de droit dans cette bâtisse.

— Vous voulez dire que tout ça est à moi?

Il engloba le salon dans un large geste de la main.

— Une partie oui, moralement. Mais le cas est complexe : les lois reconnaissent les morts mais rechignent à considérer leur réincarnation. Ainsi, comme je vous l'ai déjà dit, tous vos biens ont été transférés à nos noms à votre mort.

— Mes héritiers.

— Oui. C'est exactement cela.

Alek finit son rhum en silence, il ralluma la cigarette qui s'était éteinte sur le bord du cendrier. Bob le regardait tendrement.

— Soyez patient, Maître, ce n'est plus qu'une question de jours. Déjà vous illuminez ma vie de votre présence.

Alek envoya un long jet de fumée en l'air.

— Dites, vous pourriez me dégotter des croquettes pour le chat? Au bœuf, il ne mange rien d'autre.

Allongé par terre à côté de son lit, Alek essayait d'attirer le chat avec des bouts de mou. Il s'était planqué là, inaccessible. Il émettait de faibles sons peu communs. Il ne voulait pas bouger. Il n'avait toujours rien mangé. Le lit devait peser une tonne, mais Alek réussit tout de même à le décoller du mur, juste assez pour se faufiler. Le chat tremblait, il était comme saoul et donnait des coups de pattes dans le vide, sans même sortir ses griffes. Il refusa le mou, de même que le lait. Alek lui confectionna une couche dans une couverture. Il le caressa jusqu'à ce qu'il s'endorme. Le lit étant déplacé, Alex en profita pour vérifier d'où venait ce grincement qui l'agaçait. Une jointure à resserrer. Il lui faudrait un serre-joint, une vis de douze et un bon tournevis. Le bois était peut-être pourri de l'intérieur ? En y regardant de plus près, il aperçut une petite feuille pliée qui se confondait presque avec la couleur du pin. Il réussit à l'extirper à l'aide d'un coupe-papier. Il l'ouvrit délicatement, le papier jauni était à deux doigts de se décomposer. Dessus, dessiné d'une main tremblante, Alek découvrit un plan. Avec des couloirs tortueux et des escaliers. Sans aucun doute une partie de cette maison. Une croix était entourée de mots presque indéchiffrables. Alek trouva une loupe dans un des tiroirs du bureau. Le premier mot : *baromètre*. Le second : *bouclier* ou *boulier*. Un autre illisible. Un dernier : *totem*. Des lignes sinueuses indiquaient l'emplacement de chacun autour de la croix. C'était signé des initiales *E. H.* Alek s'affala dans un fauteuil. Il alluma une cigarette. Il dut se concentrer pour canaliser toutes les pensées qui lui venaient en tête : c'était un message de son prédécesseur dévoilant l'emplacement d'un objet ou de quelque chose, quelque chose d'assez important pour être caché. Quelque chose qu'Éric Haisault avait jugé bon de dissimuler à ses propres héritiers… Un secret qui lui était destiné ? Que lui seul pouvait découvrir ? D'ailleurs, comment allait-il retrouver ce totem dans le gigantesque capharnaüm de la bâtisse ? Il tira une bouffée et tenta de se concentrer. En commençant par l'entrée, il fit le tour de chaque pièce en replaçant tout ce qui s'y trouvait. Arrivé à la salle à manger, il abandonna, sa mémoire s'avouant vaincue.

Il ne pouvait pourtant pas se risquer à demander l'aide de Casimir. Mais après tout, n'était-il pas lui-même devin ? Ces pouvoirs, ils étaient en lui, Absalon le lui avait dit. Ils devaient bien être suffisants pour retrouver un totem dans une maison. Restait à savoir comment s'y prendre pour obtenir de telles visions. Il se leva et marcha, cigarette au bec, jusqu'à la fenêtre. Était-ce la braise qui se reflétait dans la vitre, ou la fumée qui s'écrasait sur le carreau ? Juste une image tirée de son imagination ou une véritable vision ? Dans tous les cas, Alek eut cette illumination : il vit clairement un totem rouge et blanc à l'effigie d'un aigle, qu'il localisa au rez-de-chaussée, dans le recoin d'un petit couloir. Ses lèvres en lâchèrent la cigarette.

Il attendit le milieu de la nuit pour se lancer en quête. Il laissa ses yeux s'habituer à l'obscurité et en profita pour reconstituer mentalement le trajet à effectuer. Il avait jugé bon de se fabriquer un alibi si quelqu'un le découvrait à fouiner en pleine nuit : le chat s'était enfui, il le cherchait. En réalité, il l'avait enfermé dans le fond de la penderie. Il avança lentement, usant de mille précautions tant pour déplacer ses pieds que pour mouvoir ses bras. Son ombre ressemblait à une gigantesque araignée. Il en voyait d'autres qui semblaient prendre vie elles aussi. Des masques de carnaval lui faisaient de l'œil, un cheval marionnette se cabra sur son passage, il prenait les cliquetis des réveils pour des clopinements de rongeurs. Il descendit jusqu'au hall d'entrée où il avait repéré une torche électrique. Il l'essaya et se figea : une tête avec une casquette apparut dans son faisceau. Non, ce n'était qu'un buste. Il passa par la salle à manger. Le parquet grinça sous ses pas, les verres et la vaisselle tintèrent sur les étagères. Il suivit le couloir à droite, puis à gauche, descendit un petit escalier, et déboucha sur le recoin de sa vision. Et ici ! Le totem ! Il était noir et vert et représentait un castor, mais pour un coup d'essai, Alek dut reconnaître que c'était un coup de maître, car, comme le plan l'indiquait, il trouva le baromètre, un bouclier et une hélice qu'il put enfin déchiffrer. Tout y était. Frémissant d'excitation, il glissa une main derrière le bouclier et sentit des poils. Il sursauta et fit vaciller le totem. Il le rattrapa de justesse avant qu'il n'entraîne dans sa chute une collection de coquillages. C'était un chat. Un chat empaillé posé sur un minuscule pupitre qui ne pouvait appartenir qu'à une poupée. Sous le couvercle, une enveloppe brune assez épaisse, cachetée de cire rouge. Il l'enfouit dans son pantalon et rebroussa chemin. Son cœur s'arrêta : un spectre descendait l'escalier.

— Tout va bien, Maître ?

C'était Bob en robe de chambre.

— Imbécile ! Vous m'avez fait peur. Je cherche mon chat, il s'est sauvé.

— Je pense que vous aurez plus de chance à la lumière du jour.

— Vous avez raison, allons dormir.

Qu'il l'ait cru ou pas, Alek n'en avait cure, il n'y pensait même pas à vrai dire. Il avait vu la main gauche d'Absalon Mendoza posée sur la rambarde de l'escalier. Il ne portait pas sa moufle et Alek avait parfaitement compté six doigts avant qu'il ne les enfouisse dans sa manche.

L'enveloppe contenait un parchemin qui se dépliait en huit. Le papier semblait vieux comme le monde, il était graisseux au toucher, certainement ciré pour le conserver. Une enluminure ouvragée, bardée de calligraphies complexes, de miniatures exécutées à la perfection, entremêlées de branches et de racines qui se baladaient à travers toute la page. Un dessin d'un autre temps. Alek s'installa au bureau pour l'étudier avec sa loupe. Au centre, il y avait une femme, nue mais dont les attributs étaient habilement cachés par des rameaux. Toutes les racines prenaient naissance en son nombril. De petites scènes miniatures s'inséraient dans les trous des troncs, au fond de terriers, à l'intérieur de nids d'oiseaux inconnus. L'un d'eux était constellé de champignons jaunes, un autre formait une boucle sans fin où un nouveau-né devenait jeune homme, s'accouplait avec une vieille femme, se rendait à la force de l'âge, s'accouplait avec une femme jeune, se faisait vieux, s'accouplait avec une demoiselle, puis mourait. Et le cercle de la vie recommençait. Aux quatre coins de la page, les saisons étaient représentées sous la forme d'un arbre : un érable dénudé pour l'hiver, un cerisier en fleurs pour le printemps, un platane au feuillage jauni pour l'automne, un araucaria pour l'été. Sur des feuilles d'arbres de différentes essences et couleurs éparpillées sur toute la page : des lettres ouvragées à outrance qu'Alek eut du mal à lire. Il comprit que c'étaient des noms quand il découvrit, au bout d'une branche, celui d'Éric Haisault inscrit sur une feuille d'érable. L'écriture de celle-ci était différente, plus récente, moins travaillée, presque tremblante. Ce n'était pas de l'encre ou de la peinture, mais le trait d'un feutre anachronique dans cette fresque. Sous son nom était inscrit : Grand Hiver. Sur les trois autres qu'Alek put déchiffrer, il lut : Gustave Cortez, Automne Incessant ; Luis Calaferte, Été Furtif ; et enfin Printemps Éternel sur la dernière, sans nom propre.

Les questions se bousculaient dans l'esprit d'Alek, mais il était trop fatigué pour leur trouver des réponses. Il avait du mal à tenir ses yeux ouverts, il ne comprenait pas pourquoi Éric Haisault avait ressenti le besoin de dissimuler ce document, mais il lui chercha néanmoins une cachette adéquate : dans la bibliothèque, entre les livres, le plus simple étant le plus discret.

Blotti entre ses draps, incapable de trouver le sommeil, il suivit le lent cheminement de la lune qui passait devant sa fenêtre. Il combattait son émotion de se savoir au centre de quelque chose d'exceptionnel par une anxiété de se trouver au milieu de quelque chose de beaucoup plus grand que lui.

– 16 –

Dès le lever du soleil, Alek ferma sa porte à clef et se fraya un chemin vers le grand escalier. Il avait besoin de prendre l'air et désespérait de trouver des croquettes. Le défilé de la fête nationale débutait cette nuit-là et commerces comme lieux publics seraient fermés pendant son passage. Bob et quatre hommes à casquette arrivaient du dehors, des cartons et paquets plein les mains.

— Bonjour, Maître. Bien dormi?

Alek se fit la remarque qu'aucun d'entre eux ne se fendit d'une courbette pour le saluer.

— Il faut se lever tôt ces jours-ci pour trouver de quoi se sustenter. Les magasins sont dévalisés. Tout le monde fait bien plus de réserves que nécessaire, mais que voulez-vous, quinze jours de fermeture, c'est beaucoup, mais on s'habitue, on s'habitue à tout. Avez-vous retrouvé votre chat?

— Oui. Et je vais justement lui chercher des croquettes.

Casimir fouilla dans ses courses et en extirpa triomphalement un paquet de cinq kilos de croquettes saveur poisson.

— Ils n'en avaient pas au bœuf?

— Non. Il est difficile à ce point-là votre chat?

— Il a ses humeurs, et il est très sensible de l'estomac. Mais je vais essayer tout de même.

143

— Oui, allez-y. Je vais préparer un petit déjeuner en attendant. Que diriez-vous d'œufs brouillés au bacon accompagnés de pommes de terre rissolées ?

— Oui, ça sera parfait.

— J'ai en plus un ketchup maison dont vous raffolerez.

Le chat n'avait pas bougé, endormi dans une couverture sur le lit. Il respirait faiblement. Alek lui mit une croquette sous le nez. Il la butina du bout de sa langue percée, fit une grimace et referma sa gueule. Alek en croqua une et dut avouer que la saveur poisson était forte. Il chercha de quoi les écraser, et alors qu'il attrapait le coupe-papier sur le bureau, le tuyau qui venait d'en haut se mit à trembler. Il y eut un bruit de chute métallique et une capsule d'aluminium en fut éjectée. Elle loupa le panier d'osier et alla rebondir sous le canapé. Elle était lisse et oblongue, elle se dévissait par le milieu. Dedans, un message écrit à la main : *Premiers tests positifs, veuillez suivre les instructions suivantes (et obligatoires) en vue de la prochaine étape qui aura lieu en mes appartements, ce soir à dix-huit heures (heure de l'Est) précises. 1. Être à jeun (boisson autorisée sauf lait et alcool). 2. S'immerger dans le bain d'aromates pendant les quatre heures précédant la rencontre (demandez à Casimir de vous le préparer). 3. Ne pas fumer de la journée. 4. Se laver les dents soigneusement. 5. Ne mettre aucun parfum. 6. Revêtir le costume que je vous ferai livrer.*

Casimir ne finit même pas son assiette. Il restait la moitié de ses œufs et il avait à peine touché aux pommes de terre encore assez chaudes pour diffuser l'arôme du persil qui les recouvrait.

— Dommage pour le petit déjeuner, mais il est primordial de suivre ses directives à la lettre. La rencontre devrait autrement être remise.

Alek n'avait qu'un café noir pour déjouer sa faim.

— Dites-moi, Bob, qu'en est-il des incarnations antérieures à Éric Haisault ?

— Ma foi, mes connaissances ne remontent pas jusque-là. Il se trouve dans cette maison certaines reliques assez usées par le temps pour qu'on puisse imaginer qu'elles ont appartenu à vos très anciennes incarnations, mais...

— Et vous connaissez leurs noms, vous avez des photos ?

— Non, malheureusement.

— Vous voulez dire qu'il n'existe aucun papier, aucune trace de toute ma lignée, de cette incroyable épopée à travers les âges ?

— Non, pas à ma connaissance. Vous avez acheté cette maison après l'incendie de votre précédente demeure, et le feu, Maître, le feu dévore le papier. Une autre tasse de café ?

— Non merci.

— Alors allons-y. Nous n'avons pas de temps à perdre pour que vous soyez fin prêt pour ce soir.

Le chat avait finalement avalé des miettes de croquettes et il semblait déjà aller mieux : il miaulait. Alek l'entendait depuis la salle de bains. Il baignait dans une décoction digne d'une reine : « un mélange de lait, de crème, de plantes et de fleurs odorantes, juste pour l'odeur », lui avait dit Casimir. Il venait lui apporter un nouveau seau de liquide chaud toutes les trente minutes, il repartait avec un autre, tiède. Pour passer le temps, Alek écoutait la radio. Le défilé de la fête nationale se mettrait en marche au lever de la lune, à exactement vingt heures quarante-sept (heure de l'Ouest). Les commentateurs se relayaient pour énumérer les consignes de sécurité et donner le tracé du parcours de la nuit. Des coupures d'électricité étaient à prévoir. Les parents étaient responsables des enfants. Les animaux interdits. Les drapeaux officiels devaient être agités uniquement de la main droite et de façon à montrer équitablement les deux couleurs de la nation. Le cortège s'étalerait sur cent douze kilomètres, avancerait à une vitesse constante de huit kilomètres à l'heure et prendrait précisément quinze jours et quinze nuits pour arriver le soir de la lune bleue au centre de la cité, pour le jour de la fête nationale. (Voix d'homme) : « Ce *bip* moment, le *bip* plus important *bip* de l'année, célèbre *bip* notre liberté *bip* et glorifie notre *bip* peuple. Ne *bip* pas y assister *bip* serait une *bip* injure à votre *bip* citoyenneté, a *bip* déclaré le secrétaire *bip* général des corps *bip* de métier. *BIP* dix-sept heures douze *bip* minutes heure de l'Est. »

Cela faisait quatre heures qu'il était dans la baignoire, il en sortit courbaturé. Il se sentait mou. Sa peau était graisseuse de douceur. Une fois debout et séché, il fut pris d'un léger vertige : la faim, les vapeurs chaudes. Il ouvrit la fenêtre. Enroulé d'une serviette, il s'assura que la porte était bien fermée. Il déplia le parchemin sur le bureau pour l'étudier à nouveau. Il devenait clair dans son esprit que dans la feuille où était inscrit « Printemps Éternel », c'était son propre nom qui devait être ajouté. Il choisit un stylo vert et s'appliqua à tracer de belles lettres : *Alek Salazar*. Il recopia les autres noms sur un bout de papier, puis il remit en place le parchemin dans son enveloppe entre les ouvrages de la bibliothèque.

À la lumière de la fenêtre, il passa en revue le costume qu'on lui avait livré en six exemplaires. Il était assez sobre : un peignoir en soie sur lequel était brodée une scène de chasse au tigre, un string léopard, une crinière de feu. Une balle vint rebondir sur le mur extérieur, à moins d'un mètre de lui. Il reconnut tout de suite le cousin de Silvio qui le regardait méchamment depuis le trottoir d'en face. Il avait un œil au beurre noir et dès qu'il récupéra sa balle, il continua son chemin. Alek allait refermer sa fenêtre quand une vieille marchande de cornichons l'interpella depuis la rue :

— *¡Ubre!*

Alek se pencha pour mieux voir : c'était Silvio, déguisé, un hématome sur l'œil gauche.

— Eh bien, Silvio, encore un nouveau métier ? Serveur, arnaqueur, vendeuse de cornichons, tu cumules !

— J'ai eu ton message.

— Oui, je vois ça. Alors c'est parfait, on n'a plus rien à se dire.

— Qu'est-ce que tu racontes, Alek ? Je suis venu pour te délivrer.

— Me délivrer ? De quoi ? C'est de tes machinations que je suis délivré, fumier ! Je sais tout, Silvio. Tu t'es servi de moi et du Vampiro, et ensuite tu m'as balancé pour sauver ta peau quand Popo a craché le morceau... Et dire que...

— Mais d'où sors-tu ces délires ? Tout s'est bien passé. Popo n'a rien dit, il a fait une tentative de suicide, ce con, mais il s'est loupé, évidemment. Réveille-toi, Vampirito, tu es emprisonné ici.

— Emprisonné !? Et puis quoi encore ?

— Essaie de sortir, et viens me rejoindre si tu le peux.

— Mais oui, pour que tu me casses la gueule et que tu me piques quelques billets de plus. Tu me prends vraiment pour un con, Silvio.

« Toc toc. » Casimir à la porte : « Êtes-vous prêt, Maître ? »

Alek lui répondit d'une grosse voix :

— Oui, Casimir, j'arrive, une minute.

Et plus bas à Silvio :

— Je ne te salue pas, j'ai mieux à faire.

Et il referma la fenêtre. Il s'habilla, broya dix croquettes pour le chat, enfila ses chaussures de sport et en se voyant dans le miroir, il ne se trouva pas si mal. Mais il est vrai que les images ne reflètent pas les odeurs. Sa peau sentait la terre.

Azéma le toisa de haut en bas puis le renifla. Ensuite elle le laissa entrer.

— C'est gentil de votre part d'avoir pris ce bain, Alek.

Elle portait un déshabillé bleu rosé.

— Voyez-vous, ma peau est d'une extrême fragilité. Qu'elle se frotte à un pH inférieur à sept, et elle réagit. Elle s'enflamme. C'est très douloureux. Mon petit Alek. Je vous offre un verre?

— Volontiers.

Le cordon de son string léopard était tendu à craquer entre ses fesses. Azéma se dodelina jusqu'à un grand piano à queue. Elle appuya négligemment sur deux ou trois touches et une mélodie suivit, sans qu'elle joue, comme par magie. Elle revint vers le salon, ses pas suivaient une valse enchantée. Elle attrapa au passage une bouteille gardée au frais dans un seau à champagne et servit deux coupes d'une liqueur jaune, épaisse et granitée.

— Car pour moi vous n'êtes encore qu'Alek Sarazar, et ce, tant que vous ne m'aurez pas convaincue que je peux vous appeler Maître. Maître Alek.

Elle fit tinter son verre contre le sien, il but une gorgée, elle aspira dans une paille qui traversait son voile. Alek trouva que la boisson avait un goût terreux, peu différent de celui qu'il avait dans la bouche après son bain prolongé.

— SaLAzar. Mais, chère Azéma, que puis-je faire de plus pour vous convaincre? Les prophéties parlent d'elles-mêmes et…

— Oubliez ce gribouillage qui ne fait que distraire mon pauvre frère. Moi seule peux savoir! Faites plutôt tomber les dernières barrières que je sens entre vous et moi. Dites-le-moi…

Alek se débarrassa de son verre et la prit par la taille :

— Oui, Azéma, j'ai envie de vous.

Elle retira sa main de ses fesses d'une poigne ferme.

— Mais pas ça, imbécile. Dis-moi que tu es la réincarnation de Maître Éric, dis-moi que tu es celui que j'attends depuis plus de trente ans, dis-moi que tu es celui qui me fera revivre, celui qui est mort pour moi.

Elle se faisait implorante, peut-être avait-elle des larmes derrière son voile mauve :

— Dis-le-moi. Crie-le-moi.

Alek monta debout sur la table du salon et il prit une inspiration si puissante que la ceinture de son peignoir se détacha. Puis il relâcha tout l'air encombrant sa cage thoracique en un long, retentissant, viril et monstrueux *¡UBRE!* Il était rouge, sa gorge était en feu, sa perruque tombait sur ses yeux. Azéma fit glisser son déshabillé et entraîna Alek dans sa chute au fond du canapé.

– 17 –

Jamais Alek n'avait touché un tel corps. Jamais Alek n'avait connu une telle extase. Du sexe à l'état pur. Ils avaient baisé sans arrêt. De véritables moments de transe. Quand il était repu, elle lui faisait boire de la liqueur granitée et son sexe n'en finissait pas d'être dur. Quand il s'endormait, éreinté, épuisé, elle continuait à le chevaucher. Les notes du piano résonnaient dans sa tête comme des cloches de cathédrale. Il se réveillait et se jetait sur ces seins gonflés, bouche ouverte. Mais ses rêves et délires devaient se mélanger à la réalité, car il se voyait encore la pénétrer par le nombril, qu'elle avait incroyablement profond. Il fut malade à un moment. Il s'en souvenait. Mais guère de la suite. Juste une longue et douloureuse jouissance. Son sexe était une braise. Le chat venait de le réveiller. Il avait l'air en forme, il avait même faim. Si, il se rappelait aussi maintenant un détail : elle avait toujours gardé ses chaussures.

Alek se leva pour donner des croquettes au chat. Il marcha avec difficulté. Il était courbaturé et, surtout, fatigué. Totalement vidé. Il devait avoir besoin de manger, mais n'avait aucun appétit. L'odeur des croquettes lui leva le cœur. Il n'avait aucune idée de l'heure, il alluma la radio. (Voix de femme) : « Au *bip* deuxième jour *bip* du défilé de *bip* la fête nationale, *bip* l'institut d'*bip* analyse de *bip* l'information révèle *bip* que ce sont *bip* les éléphants qui *bip* rencontrent le *bip* plus haut taux de *bip* succès populaire *bip*, ayant été sélectionnés *bip* par trente-six pour cent* des *bip* répondants. *BIP* *Dix heures* *bip* *vingt-cinq minutes* *bip* *heure de l'Ouest.*» Au deuxième jour! Il n'avait pas eu l'impression de dormir ou de baiser autant que ça. Il ne savait à quelle heure du jour ou de la nuit il était rentré chez lui, ni comment d'ailleurs. Il ouvrit les fenêtres de son appartement. Dans la rue, des barrières et des pneus délimitaient l'espace réservé à la foule qui commençait à s'installer. Des familles entières campaient sur un bout de trottoir, avec tout l'attirail nécessaire pour survivre vingt-quatre heures. Dans le salon, à côté du cendrier, Alek trouva une cigarette. Il fut touché par l'attention et nota mentalement qu'il lui faudrait remercier Casimir de ce bon geste. Il s'installa dans un fauteuil, nu comme un ver, caressé par une douce brise, se délectant du tabac. Il se leva pour vérifier que la porte était bien fermée. Il ne voulait pas être dérangé. Il trouvait ce moment trop parfait pour le partager. Il se perdit dans la fumée. Délicieusement. Il se sentait tellement léger qu'il aurait pu voler. Mais le chat vint le lester en sautant sur ses genoux. Il réclamait d'autres croquettes, c'était bon signe. Il le regarda croquer et au premier regard qu'il posa sur la bibliothèque, il s'aperçut que le parchemin avait disparu de sa cachette. Il fouilla entre chaque livre, sur toutes les étagères, dans le bureau, sous les meubles, mais rien, nulle part. Il avait mis le papier qu'il avait recopié sous la semelle intérieure de sa chaussure gauche. Il y était encore. La sueur avait fait couler l'encre : il était illisible.

Alek s'énerva juste le temps de balancer à terre toute une rangée d'épais ouvrages reliés de cuir, ensuite, épuisé, il se laissa tomber dans le fauteuil. Il ralluma la cigarette, se malaxa les tempes, les paupières closes, il se calma. Qui pouvait l'avoir subtilisé? Absalon? Pourquoi l'aurait-il fait? Alek ne trouva qu'une solution pour le savoir : faire appel à ses pouvoirs. Il se leva péniblement et, cigarette au bec, se traîna jusqu'à la fenêtre. À travers la fumée et les reflets, puis les yeux tellement fermés qu'un feu d'artifice de phosphènes l'aveugla, il attendit la vision. Mais il ne vit rien d'autre que le chat, qui miaulait sans interruption à ses pieds.

Casimir était dans la cour avec deux hommes à casquettes, une noire, une bleue. Ils s'affairaient à l'avant de sa voiture.

— Bonjour, Maître. À chaque jour sa surprise : deux belles roues pour votre carrosse. C'est étonnant ce qu'on trouve de nuit dans cette ville, quand on sait où chercher. Et qu'on y met le prix, bien sûr.

— On ne me salue plus ?

Les trois hommes se figèrent puis firent leur révérence. Alek fit le tour de sa voiture et examina de près les nouveaux pneus. Celui de droite non, mais le second, il aurait pu jurer que c'était l'un des siens. Il s'installa derrière le volant et fit signe à Casimir de le rejoindre.

— Alors ? Votre demi-sœur vous a-t-elle fait part de ses conclusions ?

— Oui, et je dois dire qu'elle était enthousiaste. Vous l'avez ramenée à la raison, Maître. Et je la sais prête à passer au rituel de l'illumination sans tarder, ce soir même.

— Parfait. Et maintenant dites-moi, Casimir, est-ce une coutume de la famille d'entrer chez les gens quand ils ne sont pas chez eux ?

— Maître, pardonnez-moi, je suis effectivement entré chez vous sans y être invité, mais vous n'étiez pas en état de me donner votre accord. Vos voisins se sont ensuite relayés pour vérifier que vous ne manquiez de rien et pour nourrir votre chat. Avez-vous trouvé la cigarette ?

— Oui. Merci. Vous en avez d'autres ?

— Non, malheureusement, et mon fournisseur habituel s'est fait arrêter. Le pauvre, un brave homme pourtant, avec une famille à nourrir…

— Je m'en fous. On m'a volé des objets personnels, chez moi, dans l'appartement du Maître.

— Comment cela? Oh, Maître, ce n'est pas possible, personne n'aurait osé subtiliser quelque chose vous appartenant. De quoi s'agit-il? Je vais interroger vos voisins, peut-être ont-ils cru que cela leur appartenait, ils ont souvent cette manie avec les casquettes.

— Peu importe ce que c'est. J'y tenais, c'était sentimental, un souvenir de famille. Mais sachez qu'à partir de maintenant je ne tolérerai aucune intrusion non sollicitée dans mes appartements. Compris?

— Il en sera ainsi, Maître.

— Bien. Et au fait, avez-vous eu des nouvelles de Silvio et de mes assaillants dernièrement?

— Non, aucune, Maître. Mais ici vous ne craignez rien…

Alek démarra et fit rugir le moteur.

— Allons faire un tour, Casimir. Dites à vos sbires d'ouvrir le portail, j'ai envie de rouler.

Il enclencha la marche avant et fit deux mètres.

— J'ai bien peur que ce ne soit pas possible, Maître. Toute la rue est bloquée. Le cortège ne va plus tarder à passer.

Alek coupa le contact. Il se sentait fatigué, il avait mal à la tête, ses pensées valsaient sans qu'il puisse les attraper. Il sortit de la voiture et se dirigea d'un pas décidé jusqu'au portail. Il était fermé à clef. Absalon et les deux hommes à casquette s'approchèrent pendant qu'il trifouillait dans la serrure.

— Il serait très imprudent de sortir quand la rue est dans cet état, Maître.

Alek fut presque surpris quand une de ses clefs ouvrit la grande porte de fer. Tout ce monde, tout ce bruit, ces odeurs, il en eut le tournis. Il se retint au portail. Un des hommes le referma. Bob le prit par un bras.

— Venez, Maître, vous avez besoin de repos. Vous pourrez vous repaître du spectacle depuis votre appartement, aux premières loges, sans les désagréments de la foule.

Alek était allongé dans son lit, le chat ronronnait à ses côtés. Il se reposait, il tentait de mettre de l'ordre dans ses idées. Qui croire, entre un illuminé bienveillant et un traître menteur ? Il ne se sentait pas prisonnier et ne voyait qu'une possibilité : Silvio avait encore une fois cherché à le tromper.

Pour se changer les idées, il alluma la radio : (Voix d'homme) : « *bip Les vingt-deux chars bip de la confédération bip des sidérurgistes bip retraités reprendront bip leur distribution de bip boulons à partir bip de dix-sept heures, bip heure de l'Ouest. bip* (Voix de femme) *Le sergent-major bip Dupraz s'est déclaré bip enchanté des sirènes bip des cent vingt-quatre bip nouveaux camions bip de lutte contre bip l'incendie inaugurés bip lors du défilé bip de la fête nationale BIP treize heures bip dix-huit minutes bip heure de l'Est...* »

Légèrement nauséeux, Alek se leva et alla prendre l'air à côté de la fenêtre. Dans la rue, les enfants s'impatientaient, les parents leur racontaient des histoires pour les calmer, rectifiaient leur tenue, leur demandaient une énième fois de montrer comme ils savaient bien agiter le drapeau. Tout le monde écoutait la radio, le défilé n'était pas loin, à quelques rues seulement. Certains disaient qu'ils sentaient déjà le sol trembler. Alek les regardait d'en haut, il somnolait à moitié, quand le tuyau cracha un nouveau message d'Azéma. Elle l'attendait à dix-huit heures, mêmes consignes, elle était impatiente, elle l'appelait *Mon presque Maître* et elle avait laissé la trace de ses lèvres sur le papier. Alek posa les siennes dessus. Il en dessina le contour d'un doigt, dans les airs. Était-ce là un signe qu'elle enlèverait son voile? Qu'elle dévoilerait quelques-uns de ses mystères? Il poursuivit son dessin invisible par les courbes de ses fesses, puis le galbe de ses seins qu'il ne se lassait pas de recommencer. Plus impatient qu'inquiet, il se demandait en quoi consistait ce rituel de l'illumination. Ces seules pensées suffirent à lui rappeler que son sexe était toujours aussi irrité. Pour se calmer, il s'employa à ranger les livres qu'il avait jetés à terre ce matin. Il fut surpris par l'un d'eux : les lettres dorées du titre sur la tranche avaient presque toutes disparu, mais sur la couverture était gravé dans le cuir : *Traité d'art éphémère.* Alek n'eut pas le temps de l'ouvrir : quelqu'un frappait à sa porte.

Un homme à casquette verte qui s'inclina poliment lui apportait deux seaux d'un liquide jaune et fumant, les six exemplaires du costume pour la cérémonie et une enveloppe non cachetée. Il déposa les seaux dans la salle de bains, les costumes sur le lit, puis s'en alla sans un bruit. Le liquide était visqueux et brûlant. L'air ou le gaz emprisonné en son centre remontait péniblement à la surface et se gonflait comme des bulles de chewing-gum avant d'éclater dans un « ploc » sourd et épais. Le message était signé de Casimir : *Maître, Ceci est du concentré, vous n'avez qu'à rajouter de l'eau chaude. Bon bain. Votre dévoué, Bob.* Le costume se composait de l'habituelle perruque blonde et d'un justaucorps en satin avec étoiles roses qui laissait ses parties génitales à l'air. Alek soupira et se promit que sa première décision, une fois l'illumination passée et son statut de Maître reconnu incontestablement, serait de revoir entièrement le protocole vestimentaire de sa lignée. Puis il prépara son bain.

L'eau chaude lui faisait du bien. Pour passer le temps, il lisait le *Traité d'art éphémère.* C'était un lourd volume relié de cuir dont les pages étaient jaunies par le temps. Alek le tenait au-dessus de l'eau, il avait mal aux bras mais il ne pouvait en détacher ses yeux. Les chapitres étaient organisés par éléments : l'Air, l'Eau, le Feu, la Terre. Et dans chacun d'eux, diverses formes d'art étaient décrites en détail, des noms d'artistes étaient cités. Au chapitre de l'Eau, il trouva exactement, schémas à l'appui, la technique de la peinture sur toile blanche telle qu'il l'avait pratiquée. Alek fut d'abord fier de son instinct artistique : sans modèles ni connaissances, ni même connaissance qu'un modèle existait, il avait réalisé des œuvres et utilisé des méthodes répertoriées dans ce *Traité d'art éphémère*; ensuite, il en fut vexé : lui qui s'était cru inventeur, créateur, unique, n'avait fait que répéter un art connu, analysé, répertorié depuis longtemps. Le chapitre sur l'Air l'intrigua : ces pages étaient truffées de mots aux lettres manquantes, à commencer par le A du titre. En y regardant de plus près, ce qu'il avait pris pour une anomalie d'impression était en fait le travail minutieux d'un lecteur qui avait gratté soigneusement le papier pour en effacer certains caractères. En reprenant le chapitre par le début, la seconde lettre manquante était le premier Z du mot zigzag. La troisième, le É et le M de prémédité ; la suivante : le A de abstrait. Azéma ! Alek n'était plus allongé dans sa baignoire, mais assis, hypnotisé par ces lettres invisibles qui écrivaient le message suivant : *Azéma et Casimir sont éternels, je m'appelle Éric Haisault et...* Et c'est tout ce qu'il avait déchiffré quand la fenêtre de la salle de bains éclata en mille morceaux. Saisi, surpris, Alek lâcha le livre dans son bain, juste le temps de suivre des yeux cette balle en caoutchouc qui rebondissait sur le carrelage, assez longtemps pour que le liquide jaune et visqueux transforme les pages de l'ouvrage en une inextricable bouillie. Alek sortit du bain sans se sécher. Il courut jusqu'au bureau pour tenter de récupérer la fin du message. En vain. En rage, il se répéta plusieurs fois la phrase qu'il avait découverte, puis l'écrivit sur un bout de papier. Par la fenêtre brisée, il chercha Luc Suarez, mais la foule était tellement dense sur les trottoirs, qu'il ne le vit pas. Le chat jouait avec la balle. Alek la récupéra et reçut un coup de griffes en échange. Inscrit au feutre dessus : *Regarde passer les éléphants à ta fenêtre UBRE*. Alek jeta de toutes ses forces la balle dans la baignoire : cet idiot de Silvio lui avait fait perdre une information capitale à cause de ce message débile.

Les quatre heures de bain n'étaient pas écoulées, Alek ne revêtit pas le costume de cérémonie, il grimpa chez Azéma en courant les premiers mètres, puis beaucoup plus lentement. Il se sentait épuisé, il n'avait toujours rien mangé, des vertiges le déséquilibraient. Mais il était résolu à obtenir des réponses à toutes ses questions : pourquoi lui avaient-ils caché qu'ils étaient éternels ? Qu'en était-il de ses pouvoirs ? De son statut de Maître ? Il lui parlerait du parchemin, et de l'oncle Octavio à nouveau, et il exigerait la vérité, rien de moins. Il tapa trois coups énergiques à sa porte.

Il n'est pas toujours facile de trouver les mots devant un corps somptueux recouvert d'un voilage transparent. Alek ne dit rien, il entra d'autorité. En frôlant le bout de ses tétons au passage.

— J'ai bien peur que vous ayez oublié nos petites règles, Alek.

Il la toisa, autoritaire :

— Finie la comédie, Azéma. Qu'est-ce que c'est que cette histoire d'éternité ? C'est qui le Maître ici ?

— Mais, mon petit Alek, Maître tu seras une fois que tu auras récupéré tes pouvoirs. Et les réincarnations successives de ta lignée peuvent effectivement être considérées comme une sorte de vie éternelle, mais...

— Ce n'est pas de moi qu'il s'agit, mais de vous et Casimir. VOUS êtes éternels.

— Mais d'où tiens-tu cette abracadabrante théorie, mon cher Alek?

— Un livre. Le *Traité d'art éphémère*…

— Intéressant. Puis-je le consulter?

— Non. Malheureusement il n'est plus lisible…

— Quel dommage.

— Mais j'ai aussi trouvé un parchemin, avec la liste de mes incarnations précédentes, et on me l'a volé…

— Le parchemin! Mon pauvre Alek…

Elle sautilla jusqu'à une armoire et revint avec un rouleau de feuilles ficelées.

— Tu parles de celui-ci?

— Oui. Vous l'avez volé chez moi.

En y regardant de plus près, Alek s'aperçut que ce n'était pas son nom qui était inscrit dans la feuille du printemps éternel.

— Non, ce n'est pas celui-là.

— Alors peut-être s'agit-il de celui-ci?

Un deuxième parchemin, avec les mêmes branches et racines allant se perdre dans le nombril de la femme dessinée au centre, mais la signature accolée au printemps éternel n'était toujours pas la sienne.

— Et que pensez-vous de celui-là?

Encore un autre, les dessins n'étaient pas exactement les mêmes, il portait le nom d'Absalon Mendoza.

— Nous en avions une véritable collection et enfants, avec Casimir, nous jouions à la chasse au trésor. Nous cachions des parchemins signés de noms d'emprunt dans la maison, et nous dissimulions aussi les mots pour les retrouver. Maître Éric jouait souvent avec nous. Il trouvait toujours les meilleures cachettes… Mais assez de questions pour aujourd'hui. Nous avons un programme chargé.

Alek avait les yeux perdus dans les parchemins. Il se sentait las, épuisé par ces incessantes réflexions, la cervelle aussi tourneboulée que l'enchevêtrement des branches et racines qui parcouraient les dessins.

— En quoi consiste ce rituel de l'illumination?

— J'imagine que c'est Casimir qui vous a parlé d'un rituel. Cet idiot n'y comprend rien. Il s'agit de vous faire retrouver l'illumination. Et que pensiez-vous que nous faisions en jouissant de nos corps? Elle s'approcha dangereusement de lui. Déboutonna sa chemise, son pantalon.

— D'ailleurs, la récréation est finie.

Elle aspira le sexe endolori d'Alek dans sa bouche et le suça à travers la soie. Deux minutes plus tard, il la chevauchait sur le tapis. Tout zoophile qui se respecte l'aurait comparé à un taureau.

Une petite pause le temps d'un verre : cette même liqueur qui lui donnait le tournis et troublait sa vue.

— Vous n'auriez pas autre chose à boire?

— Non. Sans cela vous n'atteindrez jamais l'illumination.

— Et peut-on connaître sa composition? Il y a peut-être moyen d'en améliorer le goût.

Elle lui prit le verre des mains, se retourna, en but une gorgée par-dessous son voile. Le verre réapparut avec une délicate trace de rouge à lèvres sur son bord. Elle le plaça tout contre la bouche d'Alek et versa le liquide froid entre ses lèvres entrouvertes. Une gorgée. Une deuxième.

— C'est tout simplement un concentré de lépiotes.

Alek eut un haut-le-cœur. Azéma éclata de rire.

— Vous devriez voir votre tête.

— C'est plutôt la vôtre que j'aimerais voir.

Elle s'écarta d'un bond.

— Dites-moi pourquoi ce voile. Et ce corps, quel âge avez-vous?

— Alek, ne vous a-t-on jamais appris à parler aux femmes ?

— Et Casimir m'a avoué qu'il connaissait mon oncle Octavio. Que savez-vous de lui ? Qu'est-ce qu'il vient faire dans cette histoire ?

— Mais c'est un véritable interrogatoire. Alek, croyez-vous que le moment soit judicieusement choisi ? Toutes les réponses à vos questions, et bien plus encore, viendront en temps voulu, mais d'abord il vous faut atteindre l'illumination. Buvez !

Alek trempa ses lèvres dans le breuvage. Elle se colla à lui, chaude et huilée par la sueur, et poussa de deux doigts délicats le verre pour qu'il se vide dans son gosier. Elle déposa la coupe sur la table du salon et se fit serpent. Elle se contorsionnait au ralenti, elle remontait doucement le long des jambes d'Alek en le caressant de ses seins.

Jusque-là, tout était normal.

– 18 –

Et puis le verre sur la table se mit à danser. Alek eut le tournis. Il tremblait. Il bandait. Les lustres aussi se mirent à valser. Et le piano à jouer sans qu'on le lui demande. Azéma le serrait dans ses bras. Elle était brûlante, en sueur, un feu de l'intérieur. Depuis le haut d'une étagère, une ribambelle de petits anges en porcelaine se jeta dans les airs. Aucun ne se servit de ses ailes. Alek essayait de reprendre ses esprits. Il avait besoin de s'asperger d'eau fraîche. Tout de suite. Il repoussa Azéma. Il vit clairement son phallus sortir de son nombril. Il faillit vomir. Il tangua jusqu'à la salle de bains. Le sol vibrait sous ses pas. L'eau fraîche n'y fit rien. Tout continuait à trembler, à vibrer, à tomber, et il vomit. Douloureusement. Le granité lui arrachait la gorge, ses rejets étaient jaunes et épais, les voir le faisait rendre encore et encore, jusqu'à ce que ses tripes soient aussi vides que son estomac, son crâne et son corps en entier. À travers la porte fermée, Azéma lui lança :

— N'en faites pas toute une histoire. Ce n'est que le défilé de la fête nationale.

Cette voix autoritaire et supérieure lui fit l'effet d'une douche froide : Azéma, son nombril, le parchemin, l'éternité, les réincarnations qui ne subsistent que le temps d'une saison, son propre épuisement... Azéma le vidait, elle le tuait ! Alek tremblait. Il vomit à nouveau, et ces mots sortirent tout seuls de sa bouche :

— Salut pachyderme !

161

Tout s'enchaîna alors magiquement : l'éléphant à roulettes de son enfance, le message de Silvio, le défilé de la fête nationale, les éléphants ! Ils étaient sa seule chance de s'en tirer. Il se leva péniblement, s'aspergea d'eau glacée et sortit de la salle de bains en se tenant aux murs. Azéma l'attendait dans la chambre. Il récupéra ses vêtements en vrac, enfila ses chaussures et se traîna aussi vite qu'il le put vers la sortie.

— Mais où allez-vous comme ça ? La séance n'est pas finie.

Elle l'avait déjà attrapé par un bras. D'un geste, un seul, il se dégagea violemment. Azéma, propulsée en arrière, déséquilibrée, tomba du haut de ses talons, tête la première sur un guéridon. Elle resta immobile, blanche et nue sur le tapis. Elle avait perdu un de ses escarpins, Alek compta six doigts de pieds. Il s'approcha. Elle respirait. Il ne vit pas de sang. Il passa une main sur le voile. Elle ne réagissait toujours pas. Il reconnut un nez, le contour d'une bouche, il voulait se rassurer avant d'aller plus loin…

— ¡UBRE!

Il aurait préféré ne jamais voir ça : un visage sans âge, une peau blafarde et striée de nervures violacées, des lèvres fripées, et surtout des yeux aveugles. Il recula prudemment jusqu'à la porte sans la quitter des yeux. Et il s'enfuit. À travers couloirs et escaliers. Bousculant des décors de papier, renversant des colonnes de plâtre, se prenant les pieds dans un amoncellement de bouteilles vides. Les parquets grinçaient, un bruit assourdissant venait de la rue. Alek se sentait de plus en plus mal. Arrivé chez lui, il ferma sa porte à clef et se rua à la fenêtre. Dans la rue, tambours et trompettes suivaient des camions-poubelles. Toutes les équipes des éboueurs enchantés avaient répondu présents. Pour l'occasion, ils avaient remplacé les ordures par de vraies demoiselles. Pas d'éléphants à l'horizon. Alek récupéra les clefs de sa voiture et chercha le chat. Il était caché sous le lit, terrorisé. Trop faible pour bouger ce lourd meuble en bois, Alek réussit à l'attirer avec des croquettes. Il le touchait du bout des doigts quand il entendit une clef tourner dans sa serrure. Il se jeta sur la porte, tira une chaise de son pied, la cala contre la poignée.

— Ouvrez, Alek, c'est Bob, c'est urgent, c'est grave, Azéma se meurt. Que s'est-il passé?

Alek puisa dans ses dernières forces pour bouger un fauteuil, une table, tout ce qu'il put entasser devant la porte. Il finit à genoux. En tendant une jambe sous le lit, il réussit tout de même à récupérer le chat et il revint à la fenêtre. Désespéré, il était prêt à sauter dans le vide, quitte à se casser tous les membres, mais au bout de la rue, en même temps qu'une bouffée d'espoir, il vit arriver le premier éléphant mécanique.

Ils étaient cent trois. Géants, coordonnés comme une armée disciplinée. Ils étincelaient de toute leur ferraille articulée. Les muscles, les membres, les oreilles, la queue, les yeux, tout bougeait aussi naturellement que l'idée que chacun se faisait des vrais éléphants. À la place de leurs entrailles, des millions de papillons verts et rouges virevoltaient, enfermés dans une bulle transparente. Les pilotes se cachaient dans la tête. Toutes les trois secondes, deux cent six pattes en acier blindé se posaient lourdement sur le pavé et reconstituaient l'effet d'un léger tremblement de terre. Ils étaient gigantesques, treize ponts avaient dû être en partie détruits pour qu'ils puissent passer. Ils barrissaient à qui le plus fort. Ils touchaient, parfois violemment, les enfants du bout de leur trompe. Quand ils levaient la queue, ils pétaient des papillons.

C'est grâce à son masque qu'Alek reconnut El Dios Renegado sur le septième éléphant. Il était juché sur la tête de l'animal et lui faisait de grands signes. Placide et Silvio étaient aux commandes. Bob et ses casquettes attaquaient la porte à coups de hache. Alek se réfugia dans la chambre. À sa fenêtre : une énorme tête d'éléphant qui lui tendait sa trompe. À sa porte : des coups de hache. Dans ses bras : le chat. Il était en déséquilibre sur le rebord, la trompe était trop loin pour qu'il grimpe dessus. El Dios Renegado descendit pour l'aider et lui tendit la main, Placide fit avancer une des pattes colossales, écrasant une barrière et une poussette vide, Alek toucha la trompe, ses poursuivants pénétrèrent dans sa chambre, l'éléphant barrit, Alek se jeta dans le vide, une jambe retenue par les ongles d'Absalon. Le chat lui échappa et tomba. Alek s'évanouit quand il le vit se faire écrabouiller par une patte en acier blindé.

Alek se réveilla un jour et deux nuits plus tard. Quand il ouvrit les yeux, il eut droit au sourire de Silvio.

— Vampirito, enfin de retour parmi les vivants.

Torse nu, il portait une grosse chaîne en or et des lunettes fumées. Il s'était rasé la moustache, il avait rajeuni de dix ans. Alek était enveloppé dans un sac de couchage, ballotté de droite à gauche. Ils étaient dans le poste de pilotage de l'éléphant. Placide était aux commandes. El Dios Renegado ne descendait que rarement dans la cabine : l'espace était restreint et il profitait de cette tribune exceptionnelle pour s'entraîner à la gloire. Il avait décidé que son signe astrologique serait l'éléphant. Après un premier verre de rhum, Silvio raconta sa version de l'histoire :

— Ah ! Ce fut une véritable épopée. D'abord : l'inquiétude. Tu passes pas au bar, t'es pas chez toi, ta caisse invisible. Un jour, deux jours, trois jours, alors : action. J'appelle mes contacts un peu dans tous les quartiers, je lance les gamins à la pêche aux racontars, et PAF, ce débile me donne ton message, faut croire que vous étiez faits pour vous rencontrer...

Et il lui expliqua dans le détail sa rencontre avec les casquettes qui n'avaient rien voulu lui dire, toutes les idées qu'il avait envisagées pour le sortir de là, et comment il avait convaincu son cousin d'utiliser l'éléphant qu'il pilotait pour venir à son secours. Alek l'écoutait en dévorant un énorme sandwich au poulet. Puis, à son tour, il lui révéla ses découvertes.

— ... Et donc je fais partie d'une lignée d'hommes qui renaissent pour finir sacrifiés afin qu'Azéma et Casimir continuent d'être éternels...

— Parce que tu crois à ces conneries? Ce ne sont que deux dangereux détraqués, si tu veux mon avis.

— Mais alors, je ne serais même pas la réincarnation du Vampiro? Et si rien n'est vrai dans cette affaire, pourquoi tout ça?

— Qu'est-ce que j'en sais, moi? Et on ne le saura sans doute jamais, alors oublie toute cette histoire et profite du présent. C'est ça le secret de la vie éternelle, mon ami.

Sur ces paroles, Silvio avala une gorgée de rhum, se pencha vers le poste de pilotage, frappa du poing un gros bouton rouge qui fit barrir l'animal d'acier. Ses cent deux congénères lui répondirent. La foule les acclamait, trompettes et trombones sonnaient, les papillons fusaient, Alek avait l'impression de rêver. Il but une longue rasade de rhum, se retourna vers son compagnon et ils gueulèrent en chœur un *¡UBRE!* digne d'un pachyderme.

Ils connurent ces joies et ces honneurs tout le temps du défilé de la fête nationale. Ils se relayaient aux commandes, Alek apprit rapidement à manœuvrer l'éléphant : la manette pour la trompe, le bouton pour les oreilles, les pédales pour les pattes, tirer le petit cordon pour lâcher des papillons.

Avec la nouvelle lune, le troupeau des éléphants mécaniques reprit le chemin des pâturages de cocons. Pour prolonger la douceur de l'instant, Placide, Silvio, El Dios Renegado et Alek décidèrent d'un commun accord de les accompagner.

Ils laissèrent dans leur sillage des millions de cadavres de papillons verts et rouges, et derrière eux la ville du printemps éternel disparut, comme si elle n'avait jamais existé.

REMERCIEMENTS

Un grand merci à tous ceux qui ont participé de près ou de loin à la réalisation de ce roman : Alain, Béa, Ben et Smruti, Durok, JP et Maria, Julien et Véro, Tupper pour les lieux d'écriture sereins ; Béné, Claire, Domi, Karine, Léo, Olivier, Sophie pour leurs lectures et commentaires ; Jean, Perrine et l'équipe de Leméac pour leur confiance ; la famille pour leurs encouragements ; et Karine pour tout et aussi le reste.

OUVRAGE RÉALISÉ PAR
LUC JACQUES, TYPOGRAPHE
ACHEVÉ D'IMPRIMER
EN JANVIER 2011
SUR LES PRESSES
DES IMPRIMERIES TRANSCONTINENTAL
POUR LE COMPTE DE
LEMÉAC ÉDITEUR, MONTRÉAL

DÉPÔT LÉGAL
1re ÉDITION : 1er TRIMESTRE 2011
(ÉD. 01 / IMP. 01)